I0611701

Ricardo "Hubián" Lara

RACIÓN DE CARIÑO
Trocitos de Mi Existir

BARKER & JULES

BARKER ⊖ JULES

RACIÓN DE CARIÑO | Trocitos de Mi Existir

Edición: Barker and Jules™
© Ricardo "Hubián" Lara – Texto, ilustraciones, fotografía y pseudónimo.
Diseño de Portada: Barker & Jules Books™
Diseño de Interiores: Juan José Hernández Lázaro | Barker & Jules Books™

Primera edición - 2021
D. R. © 2021, Ricardo Lara Ramírez
I.S.B.N. | 978-1-64789-573-0
I.S.B.N. eBook | 978-1-64789-574-7

Todos los derechos reservados. No se permite la reproducción total o parcial de este libro, ni su incorporación a un sistema informático, ni su transmisión en cualquier forma o por cualquier medio, ya sea electrónico, mecánico, fotocopia, grabación u otros, sin autorización expresa y por escrito del autor. La información, la opinión, el análisis y el contenido de esta publicación es responsabilidad de los autores que la signan y no necesariamente representan el punto de vista de Barker & Jules Books.

Las marcas Barker & Jules Books™, Barker & Jules™ y sus derivados son propiedad de BARKER & JULES, LLC.

BARKER & JULES, LLC
2248 Meridian Blvd. Ste. H, Minden, NV 89423
barkerandjules.com

DEDICATORIA

A Doña Naty y Don Memo, mis padres, por ese inconmensurable amor que sembraron en mí. Les debo todo lo que soy y lo que tengo.

A mis cachorros hermanos, por ser sangre de mi sangre.

A Emanuel Herzberg por esa complicidad y soporte en esta y muchas otras aventuras.

A Martín Aguilar y Javier Aguirre por su paciencia y buena disposición por ser mis conejillos de indias al leer los borradores de mis historias.

A todos quienes han dejado un trocito de sí en mí.

ÍNDICE

PRESENTACIÓN DEL AUTOR

Las visitas a la Ciudad de Puebla siempre fueron un verdadero placer. Es un destino que conocí en 2007, gracias a la sugerencia de una querida amiga y ex compañera de trabajo. Estar en esa ciudad me da paz, me tranquiliza, purifica mi espíritu; me hace inmensamente feliz. Y me alegra también transitar por esa carretera desde la Ciudad de México hasta Puebla de los Ángeles y viceversa, por el goce que me produce mirar los paisajes boscosos que tal camino nos brinda. Se volvió muy común pasar los fines de semana en esa metrópoli, que no ha perdido su encanto de pueblo. Ir y venir. Varias veces en un mismo mes. A veces conduciendo, otras en bus; algunas más, aprovechando el viaje en el auto de amigos.

Y los domingos, al volver a la Ciudad de México desde mi amada Puebla, mientras Emanuel conducía su SUV o mi auto, surgían conversaciones entre ambos de todo tipo. Platicábamos de nuestros trabajos, o de asuntos familiares del momento, o de la escuela si estábamos estudiando, o de planes hacia el futuro, o de los viajes que hacíamos al extranjero por cuestiones laborales; hablábamos de muchas cosas.

En esos viajes de regreso a la capital, surgieron historias, anécdotas y recuerdos de mi niñez, adolescencia, juventud y de mi vida como adulto. Nunca identifiqué la razón por la que siempre terminaba contando alguna de mis historias a Emanuel. En realidad, nunca puse atención a esto. Quien sí ponía atención a mis historias era él. Me emocionaba mucho contarle las cosas que me habían sucedido, particularmente por la atención que me prestaba, porque a través de mis narraciones, hubo momentos de risa y de tristeza, de melancolía, de añoranza por ese tiempo que atrás quedó. Y siempre surgía una especie de moraleja, de enseñanza o de mensaje. Y siempre coincidíamos en que esta vida es para ser feliz.

Y fue en uno de esos viajes domingueros, en plena carretera, cuando me surgió la idea de escribir esas historias con la intención de compartir el aprendizaje que las mismas me habían dado y que con el paso de los años, como piezas de rompecabezas, me ayudaron a construir mi vida como adulto y a tener hambre por vivir y disfrutar la vida misma. Mi entusiasmo fue muy tangible.

Y entonces la respuesta de Emanuel fue de total apoyo a mi maravillosa idea. Su respuesta fue *"Hubián, dale con todo a ese proyecto; cuentas con todo mi apoyo"*. Y así germinó la idea de incorporar "Hubián" a mi nombre para crear mi pseudónimo. Sería Ricardo "Hubián" Lara quien se encargaría de narrar esas cortas, pero emotivas historias, aderezándolas con una gran carga de ficción. Sí, la ficción de la vida misma, por lo que los personajes y hechos retratados en estas historias son ficticios. Cualquier parecido con personas verdaderas, vivas o muertas, o con hechos reales es pura coincidencia.

Dicho lo anterior, espero disfruten mucho estas lecturas, de risa y llanto, como yo lo hice cuando las escribí.

Ricardo "Hubián" Lara

PRÓLOGO

Es a finales de la década de los años 60 en México cuando nace Ricardo, un niño que, como todos los de su generación, vivió una infancia en la que todavía se podía salir a jugar en las calles del vecindario, conocer perfectamente a los vecinos, y vivir experiencias únicas llenas de juegos interminables y convivencia, donde la familia no solo existía dentro de las paredes de la casa sino que se extendía casi al barrio entero, en el que se interactuaba todo el tiempo, y se hacían verdaderos amigos. Eran lugares en los que no existían peligros más que los pleitos de niños, cuyos grandes conflictos eran derivados de la rutina diaria, sin los problemas actuales donde los riesgos para los niños son innumerables, mismos que obligan a los papás a tenerlos siempre bajo vigilancia modificando los hábitos de juego, alimenticios y de consumo de todos los niños de esta sociedad que cada vez más los relega a estar en su habitación interactuando en las redes sociales frente a un monitor, videojuego o cualquier dispositivo electrónico que les brinda la forma de diversión moderna que tanto adoran las nuevas generaciones.

Este niño creció llenando su vida de todo tipo de experiencias que lo fueron formando y transformando en una persona llena de memorias dignas de contar y que detonaron en él esa necesidad de compartir con los demás todo ese sabor de la vida que, aunque muchos hemos vivido, muy pocos nos atrevemos a plasmar en una recopilación de relatos cortos que divierten y entretienen a todos por igual.

Tengo que confesar que cuando Ricardo me concedió el honor de prologar este libro, sentí miedo, porque no es fácil crear un prólogo sin caer en la subjetividad del gusto personal, pero entre más leía más sentía la necesidad de entrar en la siguiente historia para descubrir qué sentimiento iba a experimentar, lo que hacía más divertida la lectura.

En esta prosa el autor mezcla la realidad con la magia de la ficción, que es la que enriquece y da vida a todas las historias dignas de contar; en sus relatos el autor nos narra pasajes tan entrañables, divertidos y llenos de emotividad que inmediatamente atraparán al lector en el mundo real, mágico y sublime de la literatura; además, en este libro el autor nos brinda una ventana abierta a su cosmovisión, a la peculiaridad de toda una vida llena, por así decirlo, de aventuras que nos hacen reflexionar sobre la familia, el amor, la amistad, el apego a sus orígenes, los viajes y el sentido de la vida.

Al lector:

No desvelaré lo más importante de estos relatos, ya que esta es tarea del lector, aunque cabe mencionar algunas historias que en lo personal me gustaron mucho, como "El Cerdo", donde el autor, de una manera muy divertida, nos relata su entorno familiar, pasajes de sus primeros años de vida y su forma tan peculiar de explorarlo todo. Lo divertido de "Comamos Ranas", donde la alegría de vivir y la amistad hacen de esta historia un relato lleno de inocencia de esos primeros años donde todo son juegos y aprendizaje. La emotividad de "La Gitana" donde con un halo de misticismo una Zíngara sella el destino de ese niño, protagonista de tantas aventuras. "El Barquito" nos muestra un ejemplo de inocencia, el cariño de padre a hijo y la admiración y amor del autor a su padre.

Cabe mencionar "La Abuela Herminia" y "Pollito Rostizado", historias que pusieron mis sentimientos a flor de piel, ya que fue imposible leerlas sin terminar con un nudo en la garganta; también mencionaré "Benditos Lunes", una historia de la que retomaré esta maravillosa frase 'La cocina es alquimia de amor', ciertamente de amor de una madre que, a través de la gastronomía, reúne a sus hijos para regalarles cacerolas llenas de cariño.

Con el paso del tiempo este niño creció con la inquietud de explorar el mundo, más allá de la frontera familiar y local, con la firme convicción de crecer y el deseo de descubrir nuevas culturas, formas de pensar y ver la vida, que por ende lo convirtieron en un ciudadano del mundo y en una persona con ansias de compartir lo vivido, de mostrar que de esos viajes se desprenden historias tan divertidas como "La Princesita", en la cual el autor narra lo gracioso del ser humano; y luego está "Aires Buenos", que nos enseña que aun con las similitudes culturales de América Latina y del idioma, existen diferencias abismales entre nosotros, sobretodo en cuestión de lenguaje, ya que lo que para México puede ser algo común, en otros países puede resultar inadecuado o hasta tremendamente insultante, así que en este capítulo el autor nos narra de una manera muy divertida esas diferencias que existen en toda Latinoamérica.

La expresión de amor en "Ración de Cariño", que nos habla del agradecimiento y del amor incondicional de una mascota a su humano, así como lo reflexivo de "Tu llegada. Tu partida.", en donde se muestra la importancia de ser, no de aparentar; del disfrute de lo más sencillo que nos da la vida, que al final es lo único que vale, y de esa maravilla llamada amor que jamás se podrá explicar, pero que es la parte fundamental del sentido de nuestras vidas; amar sin importar el costo que esto conlleva, así como lo difícil y doloroso de una despedida. Y así podría mencionar otras tantas historias que brindarán gratos momentos en cada línea.

No es mi derecho aturdir, sino acentuar un poco de lo mucho que este libro entrega al lector, así que solo me resta agradecer al autor por regalarnos estos trocitos de su existir.

Martín Aguilar

01 EL CERDO

"ERA UN SER QUE TENÍA UN CÍRCULO PLANO, ROSADO Y HÚMEDO CON DOS HOYOS EN EL FRENTE DE LA CARA."

Febrero 18, 1967. Sábado, 5:45 a.m. Ciudad de México. Ciertamente no recuerdo el momento, pero sé que llegué a este mundo en esa fecha y hora. Al menos eso dijo mi madre. Era yo el octavo hijo y ella seguramente no tenía el mismo entusiasmo que cuando tuvo a su primera cachorra diecinueve años y trescientos sesenta y cuatro días atrás. No imagino lo que una madre siente cuando pare al octavo hijo, pero prefiero pensar que la mía se emocionó igual que con los anteriores cachorros. Y prefiero imaginarlo así, porque lo que me demostró mientras estuvimos juntos fue amor.

Así pues, desde entonces tengo muchos recuerdos de pequeñito, de niño, de adolescente y, por supuesto, de adulto. Hay personas que no me creen cuando les comento que recuerdo, incluso, cuando estaba aprendiendo a caminar y a hablar. Sí, así es, ya que para hablar relacionaba las palabras con lo que sentía, con lo que veía y con mi entorno. Son tantos los recuerdos, que no sé por dónde empezar o cuáles compartir y cuáles llevarme a la tumba. Creo que lo mejor será dejarme llevar y permitir que mi cerebro se exprese libremente.

Era yo muy pequeño cuando un día, recién despuntando la mañana, mis padres se levantaron a atender sus tareas. No está de sobra decir que yo dormía con ellos, así que la faena de levantarse de la cama me despertó y, siendo un pequeño, igualmente desperté y me levanté. Recuerdo muy bien el cuarto, de piedra encimada y pegada con barro y con paredes de adobe y techo de láminas de cartón con chapopote, sostenidas por vigas de madera. Decidí salir. Era la primera vez que iba por mi propio pie a conocer lo que había afuera de ese mundo que era la cama, las paredes y el techo. Sí, ya caminaba, pero siempre había alguien cuidando mis pasos, así que esa vez, sin estar al alcance de la vista de mis padres, decidí aventurarme a explorar afuera. Fue maravilloso descubrir un espacio, que a mis ojos les parecía enorme, lleno de plantas y flores de muchas formas, tamaños y colores. Era un gran patio bañado por el radiante sol del amanecer y refrescado salvajemente por el rocío de la noche. Y así se respiraba, de una manera muy diferente a la del cuarto en el que dormíamos. Era un pedazo de tierra plana, en cuyo centro se encontraba incrustado un Pirul. Un gran árbol al que llegaban pájaros carpinteros, cardenales, calandrias y muchas otras especies de aves. Un gigante que, a la posteridad, me atrevería a trepar y a sentir que lo había conquistado al llegar a lo más alto. Caminé torpemente unos pasos hasta llegar a cierto lugar en el que vi una especie de cerco hecho con largas tablas de madera. Escuché una serie de sonidos extraños que salían de ese lugar. También percibí un olor muy característico que inundó mis pulmones y que tengo presente hasta ahora. Lo que vi adentro fue un ser enorme y rosado que se movía en el poco espacio que tenía. Salvo lo que ahora sé son arañas, mismas que a veces hacían sus nidos en los rincones de las paredes o en el techo del cuarto, nunca había visto algo así. No me dio miedo, pero tampoco quise acercarme más. Creo que la prudencia nació conmigo. Era un ser que tenía un círculo plano, rosado y húmedo con dos hoyos en el frente de la cara. Contaba con ojos pequeños con grandes y largas pestañas blancas; seguro que aquellas serían la envidia de quienes usan postizos. Ese ser no dejaba de parpadear y de mirarme. Poseía una boca larga que mostraba unos dientes muy extraños, picudos ellos. Tenía cortas orejas caídas en forma de triángulos inversos y cuatro patas con solamente dos grandes uñas en cada una. Esas patas sostenían una gran panza. Y, adherido a su trasero, había un "algo" que le caía en forma de espiral; una espiral pequeña que movía constantemente, tratando de espantar a las moscas que lo agobiaban, sin resultado alguno. Me daba la impresión de que tal vez estaría comiendo, aunque no estaba seguro, pues movía constantemente esa larga boca de dientes picudos, mientras hacía esos sonidos que me resultaban nuevos. Sentí mucha curiosidad de ver a ese ser que no conocía y que me resultaba fascinante. Fue entonces que vinieron a mi no tan desarrollada mente algunas preguntas. ¿Qué es eso? ¿Por qué huele tan feo? ¿Por qué lo agobian las moscas? Si vive en esta parte de la casa y tiene un cuarto para sí mismo, ¿será algún cachorro hermano mío? ¿Por qué es diferente a mí? ¿Será por eso que no duerme con nosotros? Pero ese momento de cuestionamientos se vio interrumpido cuando, desde su lugar, mirándome fijamente, ese ser lanzó un enérgico "Óóóóiiinc" con la boca completamente abierta, mostrándome sus afilados y extraños dientes, muy diferentes a los de mis padres, por cierto. Fue ese tremendo 'Óinc', lo que me hizo volver a la realidad y sentir que los pelos se me erizaban, que el cuerpo me temblaba, que la piel se me ponía chinita y que hubiera querido gritar igual que él, pero fue más fuerte una especie de doloroso espasmo debajo del estómago. Creo que fue susto, de esos que entran por la espina dorsal como si fuera un relámpago y, bueno, sí, resulta que de la impresión me cagué.

Desde la puerta del lugar que fungía como cocina y de la que se podía ver el patio en su totalidad, mi madre había observado todo. Recuerdo una sonora carcajada y a ella retorciéndose del regocijo que le causó haberme asustado con el cerdo y haberme cagado. No sé la razón concreta, pero solamente ver a mi madre convulsionada por la risa, verla feliz, hizo que sintiera algo que todavía no tenía identificado; mi estómago palpitó y, nuevamente, ver la imagen de mi madre riendo, me hizo comprender que eso que sentía era emoción, esa que solamente el amor puede producir. Un amor incondicional que años más adelante me pondría a prueba. Y empecé a reír también, desenfrenadamente mientras mi olor y el del puerco se mezclaban en el ambiente.

Mi madre me limpió y me cambió de ropa. Regresó a la cocina a seguir atendiendo a mi padre que desayunaba antes de irse a trabajar. Decidí acercarme a ellos. Mi padre, sentado a la mesa hecha de tablones y con gruesas patas de madera, de color azul con la pintura avejentada y descarapelada en algunas partes, ingería lo que había sobrado de la comida del día anterior. Práctica común en una familia de clase media baja; más baja que media, por no decir pobre. Mi madre parada junto a la 'destartalada' estufa, recalentando tortillas, también del día anterior, volteó a verme cuando me acerqué y, reclinando su cuerpo y extendiendo ambos brazos hacia mí, de manera melosa y con una gran sonrisa, me dijo: "venga para acá, mi amor; venga que lo apapacho". Corrí a sus brazos y nos fundimos en un fuerte abrazo. Luego tomó mi cabeza entre sus manos y llenó mi cara de besos. Me sentí inmensamente feliz. Enseguida me preguntó lo que muchas madres preguntan a sus hijos: "¿Tienes hambre?". En ese momento tuve otra sensación en el estómago, producto de los olores de los alimentos y que no eran precisamente como el que desprendía el cerdo, por lo que asentí con la cabeza. Entendí que lo que sentía en el estómago se llamaba hambre. Y sí, tenía mucha hambre.

Loin de cette histoire commence ma vie. – Lento, Miguel Bosé.

A lo largo de esta historia comienza mi vida. – Lento, Miguel Bosé.

02 EL ZOOLÓGICO

"ACTO SEGUIDO, SALIÓ UNA JOVEN QUE ME IMPRESIONÓ: TEZ BLANCA, CARA CON RASGOS FINOS, DE BOCA MEDIANA, OJOS CASI OBLICUOS, CEJAS DEPILADAS, DELGADA; MUY BONITA. ME PARECIÓ MUY LINDA Y VER A LOS DOS JUNTOS ME RESULTABA EMOCIONANTE, PORQUE MI HERMANO ME PARECÍA MUY GUAPO."

Viajar. Sí, viajar en el estricto significado de la palabra. Viajar en nuestra mente, en nuestros deseos o visitando los lugares más insospechados a los que llegamos, a veces, sin haberlo planeado y sin saber que existían. Así pues, la maravillosa Real Academia de la Lengua Española, a la que amo por mantener la unidad esencial del idioma español en cualquier ámbito hispano, define esta palabra como "Trasladarse de un lugar a otro, generalmente distante, por cualquier medio de locomoción." (sic). Entonces, viajar significa salir del entorno, moverse a otro lado, estar en un lugar diferente del cotidiano, a veces caminando, a veces en bicicleta, otras en auto, algunas más en tren o en avión, pero siempre moviéndonos.

Recuerdo estar jugando en la habitación en la que dormía con mis padres, cuando entró mi hermano el de en medio, me tomó de la mano y me dijo con un tono muy entusiasta: "Vente hijo, vamos a ver a los animales". No es que yo fuera precisamente su hijo, pero era su forma de expresarse. Así, sujeté su mano con fuerza, sin saber de qué se trataba eso de ver a los animales. Salimos caminando de la casa y tomamos rumbo a la casa de una chica que yo no conocía. Nos paramos enfrente de la puerta que daba a la calle y mi hermano gritó lo que yo creí que era su nombre: "¡Flacaaaa!". Acto seguido, salió una joven que me impresionó: tez blanca, cara con rasgos finos, de boca mediana, ojos casi oblicuos, cejas depiladas, delgada; muy bonita. Me pareció muy linda y ver a los dos juntos me resultaba emocionante, porque mi hermano me parecía muy guapo. Hoy sigo creyendo que, de los tres varones, él fue el más agraciado físicamente. Ella me sonrió y me saludó. Nunca imaginamos la trascendencia de ese momento, ni cómo nuestras vidas se entrelazarían con tanto cariño al pasar de los años.

Mi hermano sujetó a la chica de la mano y, entonces, nos llevaba a ambos caminando a su lado. Ver las calles de terracería, sin estar urbanizadas, y las casas construidas de manera improvisada en ese barrio que estaba recién formándose, era algo nuevo para mí. Nunca antes había salido de la casa de mis padres, así que todo me resultaba novedoso y, en algunos casos, sorprendente. Eso era la vida, sí, la vida cotidiana en ese barrio en formación al sur de la Ciudad de México.

Llegamos a una avenida muy grande, en la que transitaban autos en ambas direcciones, de norte a sur y viceversa. En el medio de la avenida, corría el tranvía eléctrico. Era de color amarillo, lo recuerdo bien. Esperamos el momento oportuno para cruzar la avenida sin que nos atropellara un auto y, así, poder llegar a la estación del tranvía. Mi hermano no soltó a su chica, ni a mí en ningún momento al cruzar la avenida. Siempre fue muy responsable y protector. Llegamos sin problema a la estación y esperamos a que llegara el tranvía para abordar. Cuando llegó, subimos y emprendimos el camino hacia quién sabe dónde. Los únicos que sabían eran mi hermano y su chica, pero hasta ese momento yo no había visto animales.

Arribamos a la terminal y nos trasladamos hacia el metro de la Ciudad de México. Todo era nuevo para mí y no perdía detalle de lo que veía: los puestos de dulces, los de tacos, los de "marinas", que eran una especie de sándwich con pan estilo hojaldra, las tiendas de discos de vinilo que eran los únicos existentes en esa época. Veía todo lo que podía alcanzar con mis ojos. Todo eso era un mundo completamente ajeno a mi entorno en el que me desenvolvía día con día. No sabía que existía, pues.

Abordamos el metro y continuamos nuestro camino. Tenía una sensación extraña. Mi reducido conocimiento del mundo me hacía pensar que íbamos dentro de la panza de un "Trenecito", sí, dentro de uno de esos insectos como ciempiés que en la noche encienden una luz en su cabeza. Así les llamaba mi hermano: "Trenecitos". Esa sensación se me acentuó cuando el metro se introdujo en la tierra, es decir, en un túnel.

En cierto punto bajamos del "Trenecito", caminamos por una zona cuya explosión de vida avivó mis sentidos. Veía caminar mucha gente, yendo y viniendo. Salimos de debajo de la tierra hacia un espacio enorme, como una glorieta. Recuerdo perfecto un gran anuncio rojo con letras y muchos focos encendidos que bailaban alrededor del mismo, de manera hipnotizante; era muy parecido al dibujo que tenía el refresco que bebían en casa. Sí, uno de cola.

Caminamos por una calle que me pareció, a mi cortísima edad, como de otro planeta. Como sacada de esas películas de ciencia ficción que veían mis padres en la TV de bulbos y cinescopio a blanco y negro por las noches. Esa calle estaba llena de gente, de restaurantes, de bares y cafés, pero también de galerías de arte, de librerías, de artesanías.

Seguimos caminando hasta llegar a una avenida que, al verla, me produjo una sensación indescriptible. Fue una sensación muy similar a la de hambre que se tiene en el estómago, mezclada con esa otra sensación que solamente la emoción puede producir. Era la Avenida Paseo de la Reforma. Ver sus enormes edificios, sus camellones arbolados, sus jardines, sus enormes jacarandas en flor totalmente moradas, la vorágine de los autos que transitaban sobre ella y, nuevamente, el ir y venir de la gente. Esa avenida tuvo un fuerte, muy fuerte impacto en mi ser, a tan temprana edad.

Continuó la caminata y llegamos a una puerta de hierro enorme custodiada por dos enormes leones, también de hierro. En ningún momento mi hermano soltó mi mano.

Siempre me tuvo bien aferrado hacia sí. Eso me hacía sentir confiado y seguro.

Continuó la caminata. Llegamos a un punto en el que podíamos divisar un gran edificio totalmente diferente de los que vi sobre tan bella avenida. "Es el Castillo de Chapultepec, donde murieron los niños héroes", me dijo mi hermano. No entendí nada, pero el castillo me pareció, nuevamente, como sacado de las películas que veían mis padres.

Finalmente llegamos a un punto en el que debimos hacer fila. Era la entrada del Zoológico de Chapultepec pero yo no sabía, así que como ya me sentía cansado, pedí a mi hermano que me cargara. Me dijo: "no, ponte chingón. Ya vamos a ver a los animales." Su respuesta me revitalizó. No sabía qué animales veríamos, pero me animó.

Entramos al zoológico y empezó el recorrido para mirar seres vivos que nunca había visto. Sólo había conocido arañas, moscos y moscas, perros, gatos y, obviamente, "trenecitos". Lo que vi fue espectacular. Era otra manifestación de vida. Vi seres únicos: cabras, cimarrones, jirafas, elefantes, hipopótamos, ñúes, bisontes, leones, tortugas, hienas que me encantaron por su contagiosa risa burlona, serpientes, mariposas sin igual, aves de plumaje y colores sorprendentes; animales que me hicieron sentir que los humanos no éramos los únicos seres vivos que existían sobre la tierra y, que al igual que nosotros, todo ser vivo merece respeto. Y mientras mi hermano y su chica se distraían para comerse a besos, yo me introducía a las jaulas de los animales por entre las rejas.

Esa fue la primera vez que fui al Zoológico de Chapultepec. Me llevaron mi hermano y su chica, que luego fue su esposa.

Yo tenía tres años. Lo recuerdo perfecto, porque en esa TV en blanco y negro de cinescopio y bulbos, mis hermanos y primos veían los partidos de fútbol del mundial de *soccer* México '70.

En cierto punto, mi hermano me cargó, recargué mi cabeza sobre su hombro y me entregué a los brazos de Morfeo. Desperté sobre la cama. Por un momento creí que solamente había sido un sueño, pero no fue así, porque el dolor en mis pies me hizo dar cuenta de que había sido cierto. Ese fue mi primer viaje. El viaje de mi vida. Uno que me hizo infinitamente feliz y que me hizo comprender que siempre hay algo más que lo que nos rodea. Uno que me enseñó el mundo y que insertó algo en mí por querer conocer más.

Han pasado cincuenta años desde entonces. He visto transcurrir mi vida plenamente, tratando de ser feliz y viajando cada vez que es posible. Mi hermano ya no está físicamente, pero su recuerdo me acompaña en cada viaje que realizo. Y en cada ocasión, siento su mano sujetándome firmemente.

"Viajar te deja sin palabras y después te convierte en un narrador de historias." Ibn Battuta

03 EL CINE

"TITA SOLTÓ UNA SONORA CARCAJADA Y DIJO: "SÍ, ASÍ EXACTAMENTE". POR ALGUNA RAZÓN LOS TRES EMPEZAMOS A REÍR. ERA YO UN PEQUEÑO QUE NO COMPRENDÍA MUCHAS COSAS Y PREGUNTABA LO PRIMERO QUE SE ME OCURRÍA."

Caminaba de la mano de mi hermano mayor. Nos acompañaba su novia, Tita. Mi mente no logra remembrar la forma en que llegamos a ese punto, pero recuerdo que andábamos sobre un paso peatonal sobre Anillo Periférico. Podía ver los pocos autos que circulaban de sur a norte y viceversa. A algunos de ellos les llamaban cocodrilos. Eran la reminiscencia de décadas pasadas. Autos viejos, porque en ese entonces, la economía del país estaba cerrada al mundo y no existían tantas opciones como en este siglo XXI.

"Mira, ese es el cine Imán Pirámide; vamos a ver una película, se llama La Dama y el Vagabundo", dijo mi hermano. "Es de caricaturas y trata de dos perritos que se enamoran y se quieren", continuó. "¿Así como tú y Tita?", pregunté. Tita soltó una sonora carcajada y dijo: "Sí, así exactamente". Por alguna razón los tres empezamos a reír. Era yo un pequeño que no comprendía muchas cosas y preguntaba lo primero que se me ocurría.

Observé la estructura del edificio, como en forma de triángulo, con grandes ventanales en el frente. Era un cine muy grande. No existían las salas como las conocemos en esta época. Estructuralmente me pareció muy bonito, con esas líneas rectas y los objetos decorativos que, visualmente, daban la sensación de que era una verdadera pirámide, aunque a esa edad yo no sabía lo que era una.

Mi hermano entregó los boletos de acceso, entramos a la sala y lo primero que vieron mis ojos fue una pantalla enorme. Lo primero que pensé fue "¡una *televisionsota*!" Nos acomodamos en nuestros asientos y esperamos a que iniciara la función. De pronto, las luces se apagaron y un susto me recorrió desde la cabeza a los pies. No sabía que, para ver la película, debían apagarse las luces. Era la primera vez que iba al cine y no tenía idea de cómo era la cosa.

La trama inició y pude ver que se trataba, efectivamente, de caricaturas como había dicho mi hermano, pero estaban en *technicolor*, cosa que me sorprendió mucho, porque en casa la televisión era en blanco y negro. Inmediatamente me embelesó la brillantez de los colores y de los dibujos animados. Me olvidé de mi hermano y de Tita, quienes se comían a besos aprovechando la oscuridad de la sala. Me dejé llevar por la fascinación de las escenas y de la interacción de los animales. Hablaban y se comunicaban entre ellos. Actuaban como si fueran humanos. No entendía la razón, si la hubiera, por la que nuestro Fido, la anciana mascota de la familia, no actuara igual que la Dama, el Vagabundo y sus amigos. Seguramente era porque ya estaba viejito. Aun así, decidí que, regresando a casa, intentaría tener una conversación seria con Fido, aunque solamente recibiera ladridos o gruñidos.

No seguía la trama del filme. No entendía que la película era una historia con un principio, un desarrollo y un final feliz. Solamente me interesaba ver a los perros en sus aventuras. Odié a los gatos malos de la trama, sufrí con la protagonista, quise ayudar a Vagabundo en los momentos más difíciles, casi lloro con la tragedia de los amigos de este cuando creí que uno de ellos había muerto debajo del carruaje de la perrera, pero lo que me pareció muy lindo, fue cuando tuvieron su cena italiana romántica y terminaron dándose un beso al comer el mismo espagueti. Pensé que, si eso hacían los perros enamorados, seguramente mi hermano y Tita ya lo habían hecho también. No porque fueran perros, sino porque también estaban enamorados.

Ese fue mi segundo viaje o, al menos, el que considero que fue el número dos a mi corta existencia, aunque éste me llevó fuera de este mundo. Viajé a una dimensión alterna, una que no sabía que existía. Una que me brindó gozo, pero que también me despertó sensaciones que ya de adulto identifico como empatía, sí, por los protagonistas de la historia. Me dio felicidad a través de la mezcla de sensaciones y sentimientos que tuve: odio, comprensión, lástima, dolor. Fue un viaje que me hizo descubrir cosas nuevas.

Muchos años han pasado desde ese segundo viaje. A partir de entonces, el cine se convirtió en una travesía individual cada vez que visito una sala para beberme la historia que me mostrará. Me ha dado cultura y entendimiento de otros mundos, pero lo más destacable, me dio ese deseo de conocer otros lugares; esos que mostraban en las escenas. Nuevamente digo que era muy pequeño y, sin saberlo a conciencia, había nacido en mí el deseo de que viajar fuera parte de mi vida.

"Siempre se llega a alguna parte si se camina lo suficiente" Alicia en el país de las maravillas. *Walt Disney Pictures*.

04 LA GITANA

"MIRA QUE HAS SIDO BENDECIDA. CUIDA A ESTE CHAVAL COMO A TUS OJOS, PORQUE SERÁ EL QUE CARGUE CON TU ALMA CUANDO TÚ NO PUEDAS NI SOSTENERLA."

Si bien entiendo no hay plena certeza del origen ni antecedente de la comunidad gitana porque no registran su historia, sí se comprende bien quienes son y resulta relativamente fácil identificarlos, aún en pleno siglo XXI. Sus atuendos, la manera en que los lucen, la expresión corporal pero particularmente la verbal, el estilo de vida, sus espectáculos y los servicios que ofrecen como adivinadores del acontecer futuro a través de la lectura de manos, cartas o de los restos de café, entre otros talentos que tienen, hacen de los gitanos una comunidad singular, única.

El barrio en el que fui criado en la década de los setenta, tuvo una oleada de visitadores a domicilio, sin precedente alguno: las enfermeras que eran enviadas por la Secretaría de Salubridad y Asistencia preguntando en cada casa si había niños para que les aplicaran las vacunas, de acuerdo con la campaña que estuviera vigente, como podría ser polio, sarampión, viruela, etc. Recuerdo que una de ellas me pidió abrir la boca y con un gotero, depositó en mi lengua un líquido que me supo amargo. Dijo que ya estaba vacunado contra la poliomielitis. Creo que mi madre confió mucho en esas mujeres vestidas de blanco al dejar que me dieran a tomar ese extraño brebaje. Hasta las gracias les dio. Era otra época, una en la que se podía confiar todavía en la buena voluntad de los extraños.

También visitaban los hogares vendedores de origen indígena que llegaban desde fuera de la Ciudad de México a vender productos que cosechaban en sus tierras o que pescaban en los ríos o lagos en su lugar de origen. Recuerdo muy bien a los señores que tocaban a la puerta de la calle, esperando que saliera el ama de casa para ofrecerles la vendimia de acociles, charales, pescado fresco, aguacates, fresas, hierbas como el pápalo, quelite, huauzontles, hortalizas como rábanos, zanahorias, etc. Todo perfectamente ordenado en cubetas de acero que cargaban en sus espaldas o con sus manos sin chistar queja alguna por el peso. También recuerdo al señor que pasaba por la calle, anunciando a todo pulmón: "Cajetaaa, pruebe la rica y de-li-cio-sa cajetaaa." Considero que es menester mencionar que en México la cajeta se refiere al dulce de leche. Siempre le compraba un barquillo con valor de cincuenta centavos y me sentaba a saborearla sobre una rama de un ciruelo que teníamos en la casa. También pasaba el joven que ofrecía chorizo verde o rojo traído desde Toluca. Era común escuchar bromas como: "¿Quieres longaniza de la que trae el indito de fuera?". Actualmente sonaría a discriminación, pero nunca hubo una mala intención en semejante pregunta, sino solamente hacer uso del característico albur mexicano para reír un momento. El periodiquero pasaba a dejar la edición del día. Recuerdo haber leído, hacia el final de los años setenta y/o principio de la década de los ochenta, que una sonda enviada al espacio sideral, llegaría a Saturno en 1986. ¡Uf! Tendrían que pasar varios años antes de que eso sucediera y pudiéramos ver fotos de tan lejano planeta. También nos visitaba el cartero, que siempre se anunciaba con su característico silbato. Era un señor pulcramente uniformado del que tengo muy bien grabado su rostro, pues durante más de una treintena de años nos entregó el correo hasta que nos anunció que se retiraba. Cuando lo hizo, sentí una especie de dolor. Sabía que no lo volvería a ver y me dolía. Sí, me dolía porque ese señor me entregó en mano la primera carta que recibí en mi temprana existencia. Recuerdo que me encontraba jugando con mis vecinitos en la calle cuando llegó el cartero y preguntó: "¿Niño fulano de tal?". Levanté la mano y dije: "Yo". Me entregó la misiva con una gran sonrisa y acarició mi cabello. Era un gran sobre azul con una tarjeta navideña en su interior. Me la había enviado una de mis cuñadas que se encontraba en Morelia recién parida, según recuerdo.

Todas estas personas eran parte de la cotidianeidad en la que vivíamos en nuestro barrio. Era una época en la que existía seguridad, confianza, armonía y tranquilidad.

Entre todos esos visitantes, y debo decirlo, quien más me impactó, aun siendo yo tan pequeño, fue una mujer que tocó a la puerta. Cuando abrí la misma, me topé con una dama de mediana edad, de tez clara y ojos verdes con un atuendo que me pareció raro, pues nunca había visto algo igual. La cabeza la tenía cubierta con una pañoleta roja estampada con motivos florales de diversos colores; los remates frontales de la pañoleta tenían zurcidas unas medallas áureas que caían sobre la frente de la mujer. Portaba una blusa blanca con holanes que dejaban al descubierto los hombros. Usaba una falda roja con estoperoles, larga y holgada que le cubría los tobillos. Calzaba sandalias, recuerdo bien; aretes, muchos collares y pulseras eran sus accesorios.

"¿Está tu mamá, mi niño?", preguntó.

Ni bien había terminado la pregunta cuando sentí la presencia de mi progenitora tras de mí.

"¿Qué se le ofrece?", preguntó mi madre con un aire de desconfianza propia de las personas que conocen la mala fama de los gitanos.

"Buen día, mujer. Te leo la buenaventura y me pagas con dinero o con comida que esté buena".

"No, gracias. Tengo mucho *"quehacer"* en la casa, así que no me quite el tiempo", respondió mi madre con su típico temperamento cuando algo no le gustaba.

"Vamos mujer, no seas grosera. Mira que, con sólo mirarte y ver al chaval, te tengo buenas noticias", replicó la gitana.

En ese momento mi madre me sujetó del hombro con mucha fuerza, como si temiera que sería abducido por la adivinadora.

"Ya le dije que no. Váyase porque voy a cerrar la puerta", amenazó mi madre. Sin embargo, no la cerraba. No tengo certeza de la razón por la que seguía esperando a que la gitana se fuera. No sé si era por tener la cortesía de cerrar la puerta una vez que se hubiera ido o porque se sentía intrigada por lo que la zíngara le había dicho.

"Tranquila mujer. Pues nada. Que me voy. Con las manos vacías. Bien decía mi madre, *consejos a viejas y pláticas a gitanos, trabajos vanos*", espetó la gitana y continuó: "Mira que has sido bendecida, mujer. Cuida a este chaval como a tus ojos, porque será el que cargue con tu alma cuando tú no puedas ni sostenerla. Y tú mi niño, vas a sufrir mucho, pero vas a ser bien compensado. Vivirás y conocerás el mundo y sus recónditas tierras y tu esencia trascenderá los cuatro puntos cardinales. Y ahora me voy mujer, que uno no debe estar en donde no lo quieren", remató.

La gitana se alejó. Mi madre quedó en silencio y con una expresión como de miedo. Ninguno de los dos entendió el significado de ambas sentencias. Mucho menos yo, que era un pequeño. Habría de transcurrir el tiempo, los años, las décadas, en fin, debía pasar la vida para poder comprender.

Y al paso del tiempo comprendí.

"Ayer es sólo un recuerdo; mañana nunca es lo que se supone que es". Bob Dylan.

05 COMAMOS RANAS

"ANDA. VETE AL LLANO A AGARRAR RANAS Y TE LAS TRAES PARA QUE LAS COCINEMOS."

De pequeño tuve la fortuna de vivir en un lugar que, como ecosistema, fue único. El pedregal de Santa Úrsula fue el resultado de la lava que arrojó el volcán Xitle, que hizo erupción hace unos 1.600 años, según he leído. La lava solidificada fue progresivamente cubriéndose de vegetación y poblándose de animales de variadas especies. Se crearon corrientes de agua provenientes de Dios sabe dónde, decían los residentes más veteranos. Algunas de esas corrientes se estancaban en zonas muy específicas, creando lagunas artificiales que se llenaban de flora y fauna acuáticas. La desintegración de las rocas y la abundancia de agua, generaba campo fértil para el desarrollo de vegetación y fauna terrestre que era habitante del lugar. Existían "tlacuaches, musarañas, ratones, coyote, comadreja de cola larga, zorrillo, gato montés, conejo de los volcanes, ardillas del Ajusco y del pedregal, víboras coralillo y cascabel y culebrita de agua; en los hoyancos de las cumbres había murciélagos. Las zonas aisladas eran refugio de aves como el gorrión, calandria, alondra, pájaro carpintero, golondrina, reyezuelo, azulejo, existían aguilillas y cuando había carroña, aparecían los zopilotes." [1]

Las construcciones de casas o simplemente de bardas para delimitar los terrenos de la gente que llegó a poblar esa zona, se convirtieron en diques involuntarios que contribuyeron a generar nuevas lagunas artificiales, con agua estancada que ya no fluía. Eso pasaba en la parte baja del terreno en el que vivían mis cachorros primos. La barda que delimitaba la casa de sus vecinos hacia el poniente y la pared de la casa que había hacia el norte, creaban una presa en donde se estancaba el agua de las lluvias, pero también de la que brotaba del terreno contiguo. Esa gran charca era una explosión de vida; estaba llena de lirios acuáticos que crecían hasta alcanzar casi los dos metros de altura; vivían y se reproducían ahí mismo una gran variedad de ranas y sapos; de lombrices únicas en su especie; insectos "de agua", como libélulas y, por supuesto, los terribles mosquitos. Pasé muchas horas contemplando ese maravilloso mundo acuático. La fascinación con que lo observaba era casi enfermiza. Miraba ajolotes de un milímetro de largo retorciéndose y moviéndose de un lado a otro; los veía crecer y tomar un color negro brillante; los tocaba y sentía su consistencia viscosa y resbalosa; avisté de cerca

---

[1] http://planetatlalpan.mx/2010/10/el-xitle-un-icono-natural-de-tlalpan/

su metamorfosis; eran bolas negras de ojos saltones con extremidades a medio desarrollar, moviendo la cola aún prendida a ellos, para desplazarse dentro del agua para comerse a los más diminutos. Y luego veía ranas o sapos pequeños, todavía con cola, pero prácticamente transformados; de varios colores y tipos de pigmentación sobre la piel. Y entonces lo más bello de todo esto era escuchar el "canto", sí, el "canto" de esos anfibios en las noches lluviosas del verano. Ir a dormir arrullado por ese coro de anfibios era como un elíxir que inundaba mis sentidos y me preparaba para entregarme a los brazos de Morfeo. Y cada noche era lo mismo, de julio a septiembre de cada año.

Grandes charcas como esa había muchas en la zona. La más conocida era una llamada "El Llano", situada a unas calles de donde vivía y junto a un arroyo natural conocido como "La Zanja".

Viene a mi mente el recuerdo de una tarde en la que mi madre lavaba la ropa en el lavadero de piedra volcánica que le había tallado mi padre. Restregaba una y otra vez la ropa enjabonada bajo el rayo del inclemente sol. Quiero pensar que lo disfrutaba mucho, porque entre tallón y enjuague, entonaba canciones que le gustaban. Sin ser cantante interpretaba, de una manera muy armoniosa y sin pudor, las letras de las canciones que se había aprendido. Ahora, cuando escucho a Eugenia León -exitosa cantante mexicana-, evoco a mi "Jechu" ('Jefecita chula'), lavando y cantando en esa tarde soleada de verano.

Nos encontrábamos solos. Ella lavando y yo jugando. Mis cachorras hermanas seguramente estaban en la escuela o "Dios sabe dónde". Mi padre estaba trabajando.

Recuerdo que jugaba con unos camioncitos de plástico en el hermoso patio lleno de plantas y flores que mi madre cuidaba casi devotamente. Los cargaba de tierra en una parte del patio y los descargaba en otra. En eso me entretenía cuando tuve esa sensación ya conocida en el estómago. Era hambre. Y la intensidad del cólico me hizo saber que era mucha hambre la que tenía.

"Má, ¿qué vamos a comer hoy?", dije sin dejar de jugar y sin voltear a ver a mi madre, de la que me encontraba cerca.

"Ranas. Comamos ranas", me respondió inmediatamente.

Asombrado le pregunté si las ranas se comían. Me respondió: "Sí. Las ancas de las ranas se comen".

No sabía qué eran las ancas de rana, pero si lo decía mi madre, entonces así era y no preguntaba más.

"Anda. Vete al Llano a agarrar ranas y te las traes para que las cocinemos", dijo la "Jechu".

Atónito quedé al escuchar lo que dijo mi madre, pero era la autoridad y no podía replicarle. Pienso que tal vez no quería lidiar con un niño hambriento porque debía terminar la lavandería para que la ropa pudiera secarse con el calor del sol. Creo que quiso deshacerse de mí por un rato. Así sin más, dejé de jugar, fui a la cocina y tomé un par de frascos de vidrio grandes con tapa.

Salí con ellos de la casa. Creo que la mami no se dio cuenta de mi partida. Ya en la calle, me encaminé a casa de mi amiguito apodado El Ratón. Bastó un grito mío desde la puerta de su casa para que saliera en cuestión de segundos.

"¿Qué pasó?", preguntó El Ratón.

"Acompáñame al Llano a agarrar ranas. Me mandó mi mamá", dije.

"¿Y para qué las quiere?", cuestionó El Ratón.
"Nos las vamos a comer", le respondí.

El Ratón me miró con los ojos bien abiertos, como si lo estuviera bromeando, luego hizo una expresión de incredulidad y enseguida de asco. "¡Guácala! Que pinche asco", exclamó.

Nos encaminamos al Llano. Platicamos de cosas sin trascendencia en el trayecto que no nos tomó más de cinco minutos. En cuanto llegamos, buscamos una zona en la que pudiéramos capturar tantos anfibios como quisiéramos. Si esa iba a ser la comida, tendríamos que atrapar muchos, para que alcanzara.

Con mucho cuidado, fuimos seleccionando las ranas y los sapos más grandes y gordos, pero también los más coloridos o los que tuvieran la pigmentación más llamativa sobre la piel. Posiblemente esos serían los de mejor sabor. Al menos eso creíamos.

Asegurándonos de tener los frascos repletos de anfibios, los tapamos para evitar que escaparan y emprendimos el regreso a mi casa. En el trayecto un amigo de El Ratón nos quitó un frasco, pero solamente fue para contemplar cómo una rana de un verde intenso, expulsaba una larga tira de huevos de la parte posterior de su cuerpo. "Increíble", dijo. Acto seguido nos devolvió el frasco y retomamos nuestro camino.

Cuando llegué a casa, atravesé la puerta de madera que daba acceso y crucé un tramo del patio para llegar a donde se encontraba mi madre.

"Má, ya traje las ranas", exclamé mientras le acercaba los frascos con los anfibios dentro.

Mi madre volteó y como si fuera la Llorona a media noche, lanzó un alarido que indudablemente se escuchó a varias calles a la redonda. En automático, puso su cuerpo en posición de defensa, casi encorvado y con las piernas semi-flexionadas como si fuera a dar un salto sobre el enorme lavadero de piedra; tenía la respiración agitada, horrorizada estaba de ver a tantas ranas y sapos apretados dentro de los frascos de vidrio.

"¡Aaayyy, chamaco! ¡Sácate de aquí con esos animales! ¡Vete a tirarlos lejos de aquí!", exclamó la "Jechu", un tanto ansiosa.

Yo estaba completamente desconcertado. Me sentía culpable de haberle provocado tremendo susto a mi madre. ¡Pero ella me los había pedido! Y ahora tendría que deshacerme de tan suculentos animales. Y digo suculentos, porque el hambre me apretaba más las tripas. Decidí sentarme un rato en la cocina con la esperanza de que cambiara de idea. Fue inútil.

Salí de casa y me apersoné frente a la de mi cómplice.
"Ratóóón", grité con todas mis fuerzas. Apareció de inmediato.

"¿Y ahora qué?", me preguntó.

"Mi mamá me dijo que fuera a tirar estos animales. Creo que se asustó. Vamos al Llano a regresarlos", le respondí.

"Nel. Yo no regreso al Llano. Nos metimos al agua puerca y ya me bañé. Mejor vamos a echarlos por la rendija de la barda donde está el fresno. Allá, en la esquina", me sugirió.

La rendija a la que se refería mi compinche era nada menos que una separación entre la barda de la casa de unos vecinos y el tronco de un gran fresno que se ubicaba casi a la entrada del callejón donde vivíamos. El patio de esa casa estaba en desnivel, es decir, se encontraba por debajo del nivel de la calle.

Nos encaminamos hacia el fresno, seguros de lo que íbamos a hacer. Llegamos y fue El Ratón quien introdujo y lanzó los anfibios por la hendidura, sin reparar en dónde iban a caer. Llevábamos casi la mitad de los anfibios lanzados cuando empezamos a escuchar gritos que rayaban en alaridos, "¡Aaayyy! ¡Aaayyy! ¡Aaayyy!", gritaba desesperadamente una mujer. El Ratón y yo volteamos a vernos uno al otro y, casi al mismo tiempo, nos asomamos por la rendija. Vimos a la sirvienta de la familia que habitaba esa casa agitando un brazo, mientras con el otro parecía sacudirse lo que le estaba cayendo del cielo. Literalmente le estaban lloviendo ranas y sapos. El Ratón no se detuvo y lanzó los animales que faltaban. Era un cabrón.

"¡Perdóname Diosito, perdóname! ¡Yo no quería! ¡Yo no quería!", vociferaba la sirvienta, mientras seguía agitando los brazos y saltaba sobre un pie y luego sobre el otro, cual danza prehispánica, para sacudirse los sapos que empezaban a trepar por sus corvas. No entendimos a qué se refería lo que profería la criada. Hasta después.

Terminado el acto de lanzar los sapos, El Ratón volteó a mirarme. Estalló en carcajadas y me jaló para salir corriendo, mientras contagiado por su locura, los dos reíamos como dementes. Y nuevamente reíamos cada vez que nos acordábamos.

P.D.- Al poco tiempo vimos que la sirvienta estaba embarazada e intuimos que la lluvia de ranas y sapos posiblemente la había considerado un castigo divino a sus pecados carnales.

"Los animales son buenos amigos; no hacen preguntas y tampoco critican". George Eliot.

06 EL BARQUITO

"ESE BARCO ME HACÍA FELIZ Y AGRADECIDO CON MI PADRE. SIGNIFICABA MUCHO PARA MÍ."

La celebración del Día de los Reyes Magos en México tiene un profundo significado para los niños. La noche anterior a la llegada de tan magníficos personajes, los niños se van a dormir con la agitación que les produce la emoción de ser despertados en la madrugada por sus padres para que vean los regalos que les obsequiaron los Reyes.

En mi barrio, especialmente en el callejón en el que vivía, toda la chiquillada hablaba de la llegada de los Reyes Magos. De que en unas horas recibirían los presentes que habían pedido en sus cartitas dirigidas a ellos. Algunas veces la decepción se hacía presente al ver que los regalos no eran precisamente lo que habían solicitado. Como niños, no comprendíamos que a veces los Reyes Magos no tenían los suficientes recursos para brindarnos lo que deseábamos. Sin embargo, agradecíamos lo que nos dejaban junto al árbol de navidad, el nacimiento o belén o simplemente sobre el piso junto a la cama, porque algunas familias pobres no tenían ni árbol, ni nacimiento o belén.

Una vez éramos despertados en la madrugada para contemplar los juguetes o ropa que nos habían regalado, esperábamos ansiosamente la llegada del día para mirar lo que habían recibido nuestros primos, vecinos o compañeros de la escuela. Y entonces, al ver los otros juguetes, empezaba una especie de competencia para establecer quién tenía los mejores, pero también había quienes no habían recibido regalo. Los padres de esos niños solamente les explicaban que se habían portado mal o que las calificaciones de la escuela no eran buenas y por eso los Reyes Magos no los habían considerado para dejarles presentes; entonces, en el transcurso del año debían portarse bien y mejorar las calificaciones y, tal vez, el siguiente año les dejarían algo. Ninguno de nosotros comprendía que, en realidad, la pobreza de esos Reyes Magos era tal, que no había forma de poder brindarle a los chiquillos un juguete que los hiciera felices. Esos niños se quedaban mirando a los que sí tenían juguetes o ropa o calzado nuevos; y los miraban jugar y comparar sus artefactos con otros niños. Debo decir que eso me partía el corazón y el enojo se apoderaba de mí: "Pinches Reyes Magos. Culeros", pensaba. Y entonces invitaba a esos niños a jugar conmigo. Les prestaba mis juguetes y, a veces, se nos unían otros niños y pasábamos el tiempo disfrutando y compartiendo.

En una de esas llegadas de los Reyes Magos, a un vecinito rico le dejaron una enorme réplica del *Titanic*. Una pieza de colorido plástico que a mis ojos les parecía enorme. Ese barco fue la envidia de toda la chiquillada, lo que exacerbó la arrogancia de mi vecinito al ser el centro de atención de muchos de nosotros. "Ni crean que se los voy a prestar, ¿eh? Solamente pueden verlo, pero no tocarlo. Me lo van a ensuciar", nos decía.

La imagen del tremendo barco me hacía "run-run" en la cabeza casi todo el tiempo. Envidiaba a mi vecino, porque hubiera querido ser yo quien tuviera ese juguete. Y entonces perdí el interés sobre mis chirimbolos y dejé de jugar con ellos. Estaba obsesionado con el barcazo de mi vecino.

Con el paso de los días, mi padre notó mi falta de interés y me preguntó si no me habían gustado mis regalos. Le respondí que sí, pero que me habría gustado tener un barcote como el de *Canito*, mi vecino. Mi padre me explicó con mucha paciencia, que debía ser agradecido con lo que tenía; que pensara en esos niños a quienes los Reyes Magos no les habían dejado nada; que yo era afortunado por haber sido considerado por esos mágicos seres. También me dijo que me construiría un barco con el que podría jugar sin miedo a que se ensuciara o se descompusiera. La idea me animó.

Mi padre era sumamente inteligente, pero, sobre todo, era muy creativo. Nunca supe de dónde le surgía la creatividad, ni lo culto que era para el nivel social al que pertenecíamos. Sabía que era un asiduo lector de los libros que por alguna circunstancia llegaban a sus manos. También leía las revistas Contenido o Selecciones. O algunas otras de geografía, naturaleza o de diversos temas que sus clientas de la venta y reparto de leche (actividad a la que se dedicaba) ocasionalmente le regalaban. También atribuyo parte de su educación a que, a diferencia de sus hermanos, él fue criado por la familia de españoles que eran los patrones de su padre, mi abuelo. Sé que la *señora Conchita,* quien luego fue su patrona, lo quería mucho y lo trató como si fuera parte de su familia cuando, siendo pequeño, vivió en el establo con mis abuelos, ya que ahí trabajaban. Creo también que fue de esa familia de quien adoptó muchas características que forjaron su personalidad. Era correcto al expresarse. Tenía buenas maneras para dirigirse a las personas. Era muy propio con la gente que lo rodeaba. Y también tenía buen gusto. Cuando se arreglaba para ir a alguna reunión con sus amigos para cantar tango, era todo un *dandy*, porque, además, era muy guapo el señor. ¡Cuánta admiración y respeto sentía por mi padre! ¡Lo amaba! Y aún amo su recuerdo.

Una tarde, cuando regresó a casa después de hacer sus entregas de leche a domicilio, se sentó en una destartalada silla de madera con asiento de tule. "Voy a hacer tu barco", me dijo. No sabía cómo lo haría, pues solamente vi una lata vieja de sardinas, ovalada, un tanto oxidada, pero perfectamente lavada. También tenía un trozo de tubo de cobre, alambre, un clavo, un martillo y una vieja escoba, además de estopa, alcohol, cerillos y un gran trozo de hilo cáñamo, muy resistente. Me quedé frente a él para observar lo que haría.

Inició tomando la escoba y, sobre el palo de la misma, empezó a enrollar el tubo de cobre. Al terminar, éste era una espiral con dos salientes largas en cada extremo, mismas que dobló en un ángulo de 90 grados. Luego tomó la lata de sardinas vacía y le hizo dos pequeños hoyos en la parte trasera y uno en la parte frontal con el clavo y el martillo. Luego procedió a montar la espiral de cobre en la parte trasera de la lata. La sujetó con el alambre introduciendo éste por la dupla de hoyos que había horadado minutos antes. Las salientes en ángulo de 90 grados caían por detrás de la lata, dejando ésta a desnivel al colocarla sobre el piso. Enseguida amarró el hilo a la parte frontal y dirigiéndose a mí, me dijo: "Ya está tu barco. ¿Quieres ver cómo funciona?". Falto de consideración hacia la obra que había construido mi padre, me sentí decepcionado porque no era como el *Titanic* de Canito, mi vecino. Sin embargo, respondí a la pregunta de mi padre asintiendo con la cabeza. "Lo primero que debes hacer es llenar el tubo de cobre con agua", dijo. Miré atentamente cómo lo hizo. "Luego pones la estopa dentro de la espiral de cobre. Ahora vamos al agua de allá abajo y te sigo explicando", expresó. Se refería al agua de lluvia y del pozo que se estancaba en la parte baja del terreno en el que vivíamos, creando una laguna artificial llena de ajolotes, ranas y sapos. Colocó sobre el agua estancada la lata de sardinas, mientras yo observaba la manera en que flotaba, inerte. "Tienes que mojar la estopa con el alcohol y, con mucho cuidado, la enciendes con un cerillo", me explicaba. Así lo hizo, y después de un par de minutos la lata cobró vida, pues las salientes del tubo de cobre empezaron a expulsar vapor del agua que previamente mi padre le había introducido. Eso impulsó la lata sobre al agua. Y entonces comprendí que ese era mi barco y que había empezado a navegar sobre el agua de las ranas. "Ahora sujeta el hilo. Con él puedes direccionar tu barco a donde lo quieras llevar", espetó. La felicidad y el entusiasmo se apoderaron de mí. ¡Tenía un barco que navegaba! Y entonces lo cargué con muñequitos de plástico que tenía y jugaba a que era un barco de pasajeros, y no volví a pensar, siquiera, en el *Titanic* de mi vecino. A veces le ponía cajitas de cerillos o de sazonador de pollo y pretendía que era un gran barco de carga. Imaginaba que mi barco surcaba un inmenso mar infestado de vida animal, y que los tiburones, ballenas y peces eran los ajolotes, ranas y sapos de la charca. ¡Era feliz con el barquito!

La noticia sobre la existencia de mi barco navegante se propagó entre mis primos y vecinos del callejón. Algunos vinieron a que les mostrara cómo funcionaba y terminábamos jugando durante horas. Siempre inventando historias.

Un día se apareció Canito con su gran réplica del *Titanic* en la puerta de mi casa. "Ya sé que tienes un barco que navega en el agua puerca. Enséñamelo", me dijo. Y con la ingenuidad de un niño de mi edad, le mostré mi lata de sardinas. Explotó en carcajadas. Se burló de mí y de mi barco. "Eso no es un barco. Eso es una porquería", vociferó. Sentí feo. Me sentí humillado, pero no agaché la cabeza. Al contrario, con mirada desafiante, le pregunté: "¿Tu *barcote* navega?". "No, porque no es para eso", me respondió. "¿Entonces para qué lo quieres, si no puedes jugar con él?", continué. No hubo respuesta. "Mira, mi barco tiene una caldera. Es esta espiral de cobre y con esta estopa encendida, se convierte en un barco de vapor y navega sobre el agua. ¿Quieres ver?", le dije. Con cierta duda reflejada en su rostro aceptó entrar a mi casa y bajar a la charca. Le mostré las capacidades de mi nave. Me pidió que lo dejara guiarla y le pasé el hilo con el que se podía guiar el barquito. Empezamos a imaginar historias de navegantes y durante un buen tiempo jugamos con mi artefacto. Éramos dos niños de mundos opuestos, pero eso no importaba. Ambos disfrutamos del placer de jugar con esa lata de sardinas, llena ya de tizne por tantas horas de juego quemándole estopa en la espiral de cobre. Su gran *Titanic* quedó olvidado en un rincón, sobre un montículo de tierra. Y se ensució, por cierto.

A la mañana siguiente, mientras mi padre se alistaba para iniciar su vendimia de leche, llegó a la casa *el licenciado*, padre de Canito. Escuché cuando de manera muy correcta y educada, le dijo a mi padre que quería comprarle una lata de sardinas de la que le había hablado su hijo. "Debe ser el barco que le hice a mi hijo, pero yo no se la puedo vender. Es de él, de mi hijo y no sé si quiera venderlo", mencionó mi papá. "¿Le podría preguntar, por favor?, dijo *el licenciado*. Mi progenitor entró en la casa y me preguntó: "¿Le venderías tu barco al papá de Canito?" Mi respuesta fue un rotundo "¡*Nel*!". "Se dice no. A ver, repite", dijo mi padre corrigiéndome. "No", respondí. Mi padre sonrió satisfecho y orgulloso y de esa manera le transmitió mi respuesta a '*el licenciado',* quien se despidió de él amablemente, agradeciéndole su atención.

Ese barco me hacía ser feliz y estar agradecido con mi padre. Significaba mucho para mí.

La última vez que jugué con él fue una tarde en la que, por accidente, el hilo controlador se atoró en la espiral de cobre con la estopa encendida. El hilo se quemó y perdí el control de la nave, misma que con el impulso del vapor que salía del tubo, se dirigió al centro de la charca, hacia su zona más profunda. Ahí quedó atorada entre unos juncos silvestres. No pude hacer nada para sacarla en ese momento, pues ya oscurecía. Decidí esperar al otro día para conseguir un largo carrizo seco y poder jalarla a distancia. Me fui a dormir. Al día siguiente fui a la charca a divisar el barquito y definir cómo lo iba a recuperar. No estaba. Había desaparecido. Nunca supe que fue de él.

Hoy, siendo un adulto, todavía siento nostalgia por el barquito que me regaló horas de juego en las que daba rienda suelta a mi imaginación. Ese barquito que fue elaborado por las mágicas manos de ese gran Rey Mago, al que nunca le pude decir cuánto lo amaba.

"No es la carne y la sangre, sino el corazón, lo que nos hace padres e hijos." Friedrich Schiller.

07 EL PIOJITO

"PROCEDÍ A PEDIRLE A UNA DE MIS PARIENTES DE MI EDAD, ME DEJARA ACICALARLA PARA QUITARLE LOS PIOJOS. UNO A UNO LOS FUI SACANDO DE SU CABEZA, PERO NO LOS MATÉ, SINO QUE LOS SEMBRÉ EN LA MÍA."

El piojito. Sí, el piojito. Ese pequeño parásito que chupa sangre del cuero cabelludo de las personas a las que infesta. Ese que crea susto y alarma en las mamás de los infantes, porque ya se los "pegaron" en la escuela. Ese pequeño insecto que puede llegar a mantener en cuasi cuarentena a un grupo de niños, hasta que sus respectivas progenitoras y sus profesores se aseguran de que han sido erradicados de las cabezas de la chiquillada.

El piojito era el pretexto perfecto para llamar la atención que sentía que necesitaba cuando era niño. Mi madre y mi padre trabajaban. Mis hermanas cachorras se dedicaban a atender sus propias actividades y, habiendo contraído matrimonio siendo tan jóvenes, abandonaron el hogar familiar para construir el propio, es decir, para tener su propia familia. Siendo todavía un niño, me quedé solo.

Recuerdo una época de estudiante de primaria que se caracterizó por una infestación de piojos. Tanto los niños del turno matutino como los del vespertino estaban infestados de ese artrópodo. Me resultaba impresionante ver que la niña que se sentaba delante de mí en el salón de clases tuviera la cabeza plagada de esos insectos. Me causaba ansiedad ver *ríos* de esos animalitos corriéndole por el cuero cabelludo, siendo más visibles entre las líneas de cabello que dejaban sus tejidas trenzas de pelo negro y seboso.

También veía cómo algunos de mis cachorros primos infantes eran sentados en el regazo de las hermanas mayores, quienes con un peine piojero, les dedicaban horas a espulgarles la cabeza, retirando animal por animal y aplastándolos con las uñas de los dedos pulgares. También sacaban en grandes cantidades sus huevecillos, llamados liendres. En casos extremos, embadurnaban el cabello con insecticida y cubrían la cabeza con un lienzo de tela. Luego lo retiraban y lavaban con agua fría, sobre el lavadero, la cabeza del primo.

Y entonces, como destello, de esos que parecen una chispa eléctrica, mi cabeza urdió un plan para llamar la atención de mis padres, mis hermanas o de alguien, quien quiera que fuese, pero que me brindara atención. ¡Quería sentir que le importaba a algún cristiano!

Urdido el plan, procedí a pedirle a una de mis parientes de mi edad, me dejara acicalarla para quitarle los piojos. Uno a uno los fui sacando de su cabeza, pero no los maté, sino que los sembré en la mía. Uno, dos, tres, cuatro… perdí la cuenta. Al terminar el procedimiento, estaba feliz, porque iría a decirles a mis padres que tenía piojos con la esperanza de ser atendido como mis primos.

Decidí esperar al día siguiente para decirle a mi madre que tenía insectos que me causaban comezón en la cabeza. Se lo diría antes de que se fuera a trabajar tempranito en la mañana. Esa noche me fui a dormir con el entusiasmo que me producía el plan que había fraguado.

Eran las ocho de la mañana del día siguiente. Me levanté y descubrí a mi madre planchando su filipina, la típica prenda de las cocineras, antes de irse a trabajar. Corrí a buscar un peine y lo pasé por mi cabeza. Tenía la idea de mostrarle los piojos y ver su reacción, pero como dice el pópulo: '¿Quieres hacer reír a Dios? ¡Cuéntale tus planes!'. Deslicé el peine por mis hirsutos cabellos y lo que extrajo fue un puñado de piojos muertos. ¡Sí, estaban muertos! ¡Resulté tóxico para los pobrecillos animales! La decepción invadió todo mi ser.

Mi madre se acercó para indagar qué estaba haciendo yo. Me descubrió con el peine lleno de piojos muertos y, horrorizada, me preguntó desde cuándo los tenía. Le conté la verdad, le dije las razones que me habían llevado a *empiojarme* y la decepción que sentía por los piojos muertos. Me miró con sus oscuros ojos, me abrazó apretándome contra su regazo y solamente murmuró: "¡Ay, hijo!".

A partir de entonces *el piojito* tuvo otro sentido. Cada tarde que mi madre regresaba de trabajar, se sentaba en el borde de su cama, mientras yo me acercaba y, tendido en la misma cama, recostaba mi cabeza sobre sus piernas, mientras con mis brazos rodeaba su cuerpo. Entonces comenzaba a contarme historias de cuando era muy niña, casi todavía bebé y ya tenía responsabilidades como la de ayudar a su madre en los quehaceres del hogar, lavando los trastos o acercándole las cosas necesarias para preparar la comida o aquella vez que el abuelo osó pegarle con el cinto y decidió suicidarse comiéndose las cabezas de los cerillos mientras se dirigía a la escuela. Había escuchado que eso era veneno, pero nada le pasó. O cuando siendo adolescente, escapó de su casa y se fue a la ciudad a trabajar de sirvienta. Y reía cuando lo relataba. Y mientras me contaba sus historias, metía sus dedos entre mis cabellos, espulgándome y acicalándome. Masajeando mi cuero cabelludo. Y esos momentos fueron de los más felices de mi vida, porque al terminar de "hacerme piojito", me abrazaba siempre contra su regazo y remataba con un beso muy sonoro sobre mi cara, "donde cayera". Y entonces, entre sus brazos, me sentía amado, querido, tenía sentido de pertenencia. Y yo también la amaba. Con toda la fuerza con la que un hijo puede amar a su madre. Y entonces le devolvía el beso y en mi mente decía: "¡Gracias má!".

"Mi madre era la mujer más hermosa que he visto. Todo lo que soy se lo debo a mi madre. Atribuyo todos mis éxitos en la vida para la educación moral, intelectual y física que recibí de ella". George Washington.

08 EL DÍA DE MUERTOS

"SEÑOR, QUINTO PARA MI CALAVERITA."

Quiero empezar esta historia haciendo referencia al sitio www. yaia.com, en el que se describe el día de muertos como "una celebración mexicana que honra a los ancestros durante el 2 de noviembre, coincidiendo con la celebración católica del Día de los Fieles Difuntos". También menciona lo siguiente: "En la era prehispánica era común la práctica de conservar los cráneos como trofeos y mostrarlos durante los rituales que simbolizaban la muerte y el renacimiento".

Era necesario mencionar lo anterior para tener una referencia a las costumbres que, después de 3.000 años, aún perduran en nuestra cultura mexicana.

Y viene a colación el tema del día de muertos, precisamente hoy, 29 de octubre de 2016, fecha en que se celebró el Primer

Desfile-Carnaval que retoma las escenas iniciales de una película de acción y que fueron filmadas en el centro histórico de la Ciudad de México. Intuyo que, en adelante, seguirá realizándose dicho desfile.

Era el primer tercio de la década de los años 70. Contaba con aproximadamente 6 años. Recuerdo perfectamente el ambiente que me rodeaba, particularmente la casa de mi vecina, la Sra. Abela, cuya casa se encontraba en el medio de una corriente de agua que brotaba de una fuente que era una abertura en una roca a unos 50 metros de la construcción. Ella y su familia habían hecho las adaptaciones necesarias para poder hacer su vida cotidiana en medio del agua. El terreno era vasto y, con tanta agua, se tenían las condiciones perfectas para que tuviera tierra fértil en la que crecían, de manera muy natural, árboles de zapote, higueras, duraznos, ciruelos, moras, así como hierbas tales como manzanilla, hierbabuena, epazote, albahaca, romero, entre otras. Allí mismo crecía una planta trepadora, de temporada, que alcanzaba alturas insospechadas en los árboles. De ella colgaban unos frutos que llamábamos Chilacayotes. La página www.canabio.gob.mx los describe como "frutos grandes (de hasta 35 cm de largo) comestibles; semillas de hasta 2 cm de largo, café oscuras a negras." Pienso que tal vez sea pariente de las calabazas verdes, pero no lo puedo asegurar.

Esos Chilacayotes hacían felices a varios niños de la calle en la que vivía, porque eran el material perfecto para diseñar y crear una calavera, como esos cráneos que nuestros ancestros conservaban como trofeos, pero que nosotros entendíamos más bien como una representación de la muerte. Del fruto se extraía toda la pulpa y se dejaba la parte externa y dura del fruto; se le hacían cortes para simular los ojos, la nariz y la dentadura; en la base se le hacía un hoyo para incrustar una vela y encenderla; eso le daría un aspecto fantasmagórico a la calavera de Chilacayote.

El Día de Muertos nos significaba a los niños de la calle en la que vivía, la oportunidad para preparar nuestra calavera de Chilacayote y salir por la noche a las calles a pedir dinero a los transeúntes, particularmente a los adultos. Era muy común acercarse a ellos con una cantaleta que en algún momento de nuestra corta vida habíamos aprendido: "Quinto para mi calavera", mientras se las acercábamos para que, a través de una ranura como de alcancía, el adulto depositara una moneda de cinco centavos o de otra denominación, si su ánimo y su economía se los permitía.

Era común organizarse en pequeños grupos de amiguitos de la misma calle y salir juntos o solamente acompañado de algún otro vecinito. En ese entonces, los niños podíamos salir a la calle sin la compañía de un adulto que nos supervisara o que estuviera al pendiente de nuestra integridad y de nuestra seguridad. Eran otros tiempos.

Llegó un Día de Muertos más, pero esta vez fue único. La mayoría de chiquillos esperábamos con ansia la caída de la noche para salir a pedir "quinto para mi calaverita". Menester era ir a comprar en casa de la Sra. Abela el mentado Chilacayote, sacarle la pulpa, hacerle cortes para crear la siniestra cara, estacarle la vela, encenderla y persignarla para tener una buena colección de monedas. Era momento de iniciar la competencia para ver quién lograba juntar más dinero.

Recuerdo que ansiosamente fui a comprar mi chilacayote. Mi hermano cachorro del medio, que a sus 21 ya era adulto y padre de dos hermosas niñas, hizo todo el trabajo para tener lista mi calavera, la persignó con 'un quinto', es decir, con una moneda de cinco centavos. Así, con el entusiasmo de un niño de seis años, salí a la calle a pedir 'quinto para mi calaverita'. Me acompañó mi vecinito al que apodaban "El Ratón", quien siendo de mi misma edad, ya era un pequeño facineroso, pero a mí me apreciaba y me respetaba porque le enseñé a leer; nunca fue a la escuela. Él no tuvo los recursos necesarios para comprar su chilacayote, pero improvisó su calavera con una caja vieja de zapatos. Hasta entre los pobres había niveles.

Había pasado ya un par de horas y la colecta para ambos había estado muy floja. Ninguno de los dos habíamos logrado obtener más de un peso de esa época. Se estaba haciendo tarde y casi era hora de volver a casa antes de que mi madre o mis cachorras hermanas me empezaran a buscar. No quería que la Jechu (Jefecita chula), se parara en la puerta de la calle y gritara mi nombre. Recuerdo que no importaba qué tan lejos estuviera, siempre la escuchaba.

Habíamos decidido regresar a nuestras respectivas casas, cuando de pronto vimos a una pareja caminando por un callejón oscuro y supuse que iban a su casa. Acordamos seguirlos y pedirles calaverita. Fui el primero en acercarme; escogí al hombre y le hablé a sus espaldas: "señor, quinto para mi calaverita".

Cuando uno es niño y ha vivido en un entorno de disciplina, en el que los padres le asignan a uno responsabilidades, pero también en el que se ha brindado amor y se han inculcado valores que forjan el carácter, la personalidad y los buenos sentimientos de las personas, es común pensar que el resto de la gente es igual; no se conoce la maldad, el resentimiento o la amargura que en ellos puede existir.

"Señor, quinto para mi calaverita", repetí. El hombre volteó bruscamente y, con la fuerza del impulso que le dio el giro, de un manotazo golpeó mi chilacayote; este salió disparado por el aire para estrellarse y hacerse pedazos en el piso, mientras las monedas que había reunido se esparcían en el suelo en medio de la negrura de la noche. El tipo me gritó: "¡Que quinto para mi calavera, ni que la chingada!".

Esa fue la primera vez que me sentí humillado, que mi dignidad había sido lastimada y que mi autoestima se había esfumado. También sentí que no valía nada como persona. Experimenté una gran tristeza que rayaba en el dolor. Deseaba desaparecer de ese lugar y aparecer metido en mi cama, tapado hasta la cabeza, para llorar sin que nadie me viera y para no tener que explicar la razón de mi estado de ánimo.

"El Ratón" montó en cólera, pero siendo un niño, no se atrevió a enfrentar a golpes al adulto. Solamente escuché que le dijo, con cantado acento de barrio: "¡Pincheee cu-le-rooo!". Acto seguido volteó a ver a la mujer y, dirigiéndose al hombre, le dijo: "Va a tener perritos, ¿verdad? Cuando nazcan, me regalas uno, pero que no sea culero como tú". Fue cuando reparé que la mujer estaba embarazada y con un vientre tan grande que parecía que le iba a reventar. No pude contenerme. ¡Estallé en carcajadas! En una fracción de segundo pasé del dolor a la carcajada. "¡Jajaja!" Incontenible. Ese fue el momento en que sujeté del brazo a "El Ratón", quien, contagiado de mi hilaridad, empezó a reír descontroladamente; y lo jalé, mientras le decía "¡corre!", porque en medio de la oscuridad pude ver los ojos del hombre, chiquitos y rojos. Había enfurecido. Nos correteó durante algunas calles, pero desistió de perseguirnos, mientras nosotros seguíamos corriendo y riendo como locos. Y reíamos cada vez que nos acordábamos.

Esa fue la última vez que pedí "quinto para mi calaverita".

"Si sientes que todo perdió su sentido, siempre habrá un amigo" Maryori.

09 LA ABUELA HERMINIA

"MI MADRE GRITABA QUE PARARA; QUE YA NO SIGUIERA GOLPEÁNDOLA; QUE LE DOLÍA; QUE YA NO PODÍA RESPIRAR, PERO ÉL NO SE DETENÍA."

Haber sido el menor de todos los cachorros tuvo sus ventajas. Tuve el tiempo suficiente para conocer con más profundidad a mis padres. Gocé de la fortuna de tener largas charlas con ellos y de escuchar lo que tal vez por muchos años callaron. Historias de sufrimiento, de dolor y también de gozo. Historias que me dolieron, que me sorprendieron y que me hicieron reír a pesar de tener ciertos contextos dramáticos. Disfruté enormemente la presencia de ambos y me entregué sin reservas a la fascinación de escuchar con entusiasmo cuando me platicaban sus memorias, lúcidas e intactas. Esto ha sido una bendición que me ha acompañado a lo largo de mi existencia, después de que partieron. Es como haberme dejado un gran tesoro que sería egoísta no compartir.

Así entonces, mi madre había partido hacia el infinito para convertirse en una estrella que siempre me acompaña. Entonces, quedamos solos mi padre y yo, lo que permitió estar más unidos y hacernos sentir el amor que nos teníamos, aún sin expresarlo. No era necesario; no podíamos. Nuestras vidas fueron muy diferentes y marcadas por circunstancias muy particulares. A mi padre le costaba mucho trabajo expresar el amor que sentía por nosotros, por sus cachorros. Creció en el seno de un hogar con la asimetría que puede haber en una conjunción de culturas disímbolas, y en una época que en la actualidad podría parecer primitivo por las costumbres sociales en las clases miserables del principio del siglo XX. El padre, mi abuelo, era un español emigrante de Asturias, España, según dijo mi progenitor. La madre, mi abuela, fue una indígena queretana de sangre pura, dicho también por mi padre. El machismo y la sumisión representados en ellos.

Recuerdo una tarde tranquila de fin de semana, en la que había terminado mi semana de trabajo y escuela. Él había terminado su recorrido de entrega a domicilio de leche embotellada en los barrios cercanos al nuestro. Esa era su actividad para allegarse de ingresos. Me embobaba ver cómo llevaba sus libros contables, sin ser Contador y, seguramente, sin saber que la profesión contable existía. Sus registros los hacía en forma manual, anotando los litros de leche que había comprado, los que había vendido en el reparto, los que vendió en casa, los que había cobrado y los que había fiado. Confrontaba el inventario de existencias contra las botellas de leche, tanto llenas como vacías, que se encontraban en sus respectivos contenedores de alambre grueso. Llevaba un registro detallado de cada cliente. Todo cuantificado perfectamente. Compras, ventas, cuentas por cobrar, cuentas por pagar, ingresos, inventario, gastos, utilidad neta. Sumas, restas, y todo le cuadraba perfecto. Admiraba a mi padre porque era sumamente inteligente, no solamente por llevar la contabilidad de su negocio de una manera tan rudimentaria y con tal pulcritud que hoy, siendo yo Contador, tengo siempre presente, sino por todo lo que me platicaba, todo lo que yo veía que él hacía y todo lo que aprendí de él. No está de sobra decir que mi padre solamente estudió la primaria.

Su lugar de trabajo era la mesa de tablones de color azul con pintura descarapelada. La misma que se encontraba en el espacio que fungía como cocina. Sus herramientas de trabajo eran una libreta de taquigrafía y un bolígrafo.

Mientras hacía sus cuentas, mirando a través de unos anteojos de aumento, cuya calza derecha era un alambre que improvisó debido a la falta de la misma en la estructura original de los lentes, me platicaba de su niñez. Yo escuchaba atento y con mucha curiosidad. Tenía esa sensación de ansiedad por querer conocer la historia que me platicaría, pero primero lo primero; y lo primero era terminar su trabajo contable. Las cuentas tenían que cuadrar. Momentos después empezaría el relato.

"Era yo muy pequeño", comenzó diciendo. "Vivíamos en un cuarto en el rancho La Gloria en el que mi papá trabajaba como peón en el establo".

Quien escribe esta historia tuvo la fortuna de conocer el establo de ese rancho en la Ex Hacienda de Coapa. Tengo presente cuando íbamos a comprar la leche bruta, recién ordeñada. Casi siempre acompañaba a una de las cachorras, hermana mía, a comprarla. Recuerdo perfecto que entrábamos al establo, cruzando el umbral de la casa de los patrones, y era un señor, adulto mayor, quien nos la servía en la olla de peltre que llevaba mi hermana. Ese señor era nada menos que el padre de mis cachorros primos, a quien recuerdo con mucho cariño. En mi memoria, tengo claro el recuerdo de que me gustaba ver los largo silos en los que colocaban la pastura para alimentar a las vacas, colocadas cada una a un lado de la otra haciendo una batería que me parecía interminable. Disfrutaba ver a los ordeñadores sentados a un costado de cada res, exprimiendo sus tetas y extrayéndoles el líquido que caía con chorros firmes sobre un balde de acero. También recuerdo que en más de una ocasión miré cómo las vacas defecaban paradas, curveando la cola hacia arriba, mientras el estiércol caía directamente en una especie de pequeña hondonada en el piso, detrás de sus patas posteriores. Lo tengo muy presente porque también veía cómo llegaban los peones a limpiar ese caño, empujando el estiércol hacia el final del mismo y luego paleándolo hacia una carretilla. El olor era muy característico. De establo; de vacas; de estiércol. Recuerdo que, al fondo de esos silos, podía divisar una especie de explanada que siempre me causó curiosidad, pero que nunca tuve oportunidad de conocer, y mucho menos de explorar. Sólo supe, años después, que detrás de ella se encontraba la planta de pasteurización y embotellamiento de la leche. Esa sí la conocí.

Mi padre continuó diciendo: "Mi mamá estaba hincada en el piso moliendo nixtamal en el metate de piedra. Iba a preparar tortillas y la comida de ese día. Estaba yo muy chiquito. Ni siquiera iba a la escuela. Casi siempre mi madre tenía a un lado el fogón con un gran comal caliente para, mientras molía el nixtamal en un metate, preparaba las tortillas conforme hacía la masa de maíz con la molienda. Yo bebía un atole de arroz molido muy finamente que había preparado mi madre. Hacía mucho frío y afuera llovía. Yo estaba sentado en el borde del catre en el que dormíamos amontonados los tres, cuando, de pronto, la puerta del cuarto se abrió violentamente y vi a mi padre entrar hecho una furia. Se dirigió hacia mi mamá y, sin mediar palabra alguna, le dio tremenda patada en el estómago. Mi madre, sin aliento y con un grito ahogado, se desplomó junto al fogón. Sin aire y completamente desconcertada, no podía articular palabra alguna. Solamente miraba a mi padre con los ojos bien abiertos, como preguntando: '¿Por qué?' Mi padre la alcanzó de las trenzas y comenzó a arrastrarla hacia fuera del cuarto, mientras seguía golpeándola. Y yo tras ellos, queriendo alcanzar a mi madre para protegerla, pero el vigor y la rapidez de mi papá en sus años mozos me lo impidieron. Llegamos al patio, en donde la levantó del piso y, con mucha fuerza, la arrojó en el caño del estiércol de las vacas. Y continuó golpeándola, insultándola y arrastrándola sobre la majada. Mi madre gritaba que parara; que ya no siguiera golpeándola; que le dolía; que ya no podía respirar, pero él no se detenía. Ninguno de los peones intervino para defenderla. Otro golpe brutal le dislocó el hombro izquierdo. Hubo una patada final de mi progenitor que fue a dar directamente en la cara de ella y luego se alejó mascullando malas palabras. Mi mamá se quedó tendida sobre el estiércol durante largos minutos; trataba de recuperar el aliento. Nadie la socorrió. Finalmente se levantó ante la mirada de quienes presenciaron tan desafortunada escena. Imagino que debió sentirse muy avergonzada, pero no dijo una sola palabra. Ensangrentada y llena de estiércol, se encaminó hacia donde yo me encontraba, tomó mi mano y, en silencio, salimos caminando por el umbral de la casa de los patrones. Así, golpeada físicamente, sucia y maloliente, pero también humillada y lastimada en su dignidad, caminamos por muchas horas hasta llegar a casa de una tía. En cuanto nos vio, la tía se alarmó y muy consternada nos recibió en su casa; se aseguró que yo estuviera bien y entonces atendió a mi mamá. Ella le contó lo sucedido sin derramar una sola lágrima. Tal vez el dolor en el alma no se lo permitía, pero para mí, su dolor era mi dolor y me carcomía por dentro."

Yo estaba estupefacto con la historia. En el momento en que mi padre hizo una pausa para contener un sollozo, sentí una rabia incontenible y un odio inconmensurable por el abuelo, que nunca conocí. Nunca antes había sentido algo así; me sentía mal; como si tuviera una fuerte presión sobre mi pecho; como si me faltara el aire. Pienso que era el odio que fluía como veneno por todo mi ser; sentía en carne viva el lado oscuro de mi naturaleza humana.

"Recuerdo cuando mi madre se metió a bañar", continuó mi padre. "Con agua fría, porque no había leña para calentarla y era menester que se bañara lo antes posible. Mi tía le prestó ropa para que se vistiera. Mi madre continuaba seria; sin hablar; solamente lo necesario. La tía me sirvió la merienda, me vio cenar y luego me llevó a la cama. Me quedé dormido por el cansancio de caminar tanto tiempo y tanta distancia".

Enseguida mi padre continuó con tan adversa historia: "El silbido de una fábrica cercana, que anunciaba el inicio de la jornada laboral de los obreros, me despertó. Eran las 6:00 de la mañana. Me incorporé y me di cuenta que estaba sobre el catre en el cuarto del establo. Vi a mi madre hincada en el piso moliendo nixtamal en el metate de piedra; junto al fogón. No la reconocía por lo hinchada y morada que tenía la cara, producto de la golpiza recibida. Estaba preparando tortillas y el desayuno para mi padre. Estábamos de vuelta en casa con él. Y bueno, sí, mi madre lo había perdonado".

Sobra decir lo devastado que quedé al escuchar esa historia. Fue la única vez que vi lágrimas rodar sobre las mejillas de mi padre. Sentí unas ganas irrefrenables de rodearlo con mis brazos y de llenarlo de besos; de hacerle sentir lo mucho que lo amaba; quería decirle que su dolor era mi dolor, como fue suyo el de su madre. No pude. Fue más fuerte el obstáculo que siempre existió entre nosotros para expresar los sentimientos.

"Anda, vamos a comer. Hoy preparé charales con papas en salsa verde y las tortillas todavía están calientes", me dijo.

Hoy sigo pensando que esa fue la comida más amarga que haya tenido en toda mi vida.

"Callar en vida y perdonar en muerte". Fernán Caballero.

10 BENDITOS LUNES

"Y PARA ELLA, SIGNIFICABA LA OPORTUNIDAD DE REPARTIR AMOR A SUS HIJOS, NIETOS Y TAMBIÉN COMPARTIRLO CON ALGUNO QUE OTRO INVITADO."

He escuchado mucho sobre el síndrome del domingo. Ese que no es otro que el mismo monstruo del insomnio que no deja dormir a las personas la noche anterior al lunes. Ese que mantiene con los ojos abiertos a más de un millardo de personas durante varias horas en la madrugada del primer día de la semana. Ese que los mantiene pensando en los asuntos pendientes que deberán afrontar al día siguiente. Insomnio que causa ansiedad y que aleja el descanso y la tranquilidad. ¡Maldito síndrome del domingo!

Siendo niño, los domingos por la noche no me causaban angustia por afrontar las responsabilidades del día siguiente, salvo que no hubiera hecho la tarea de la escuela. Por el contrario, deseaba que llegara el lunes, porque por algunos años, fueron los días más felices de mi vida.

Mi madre trabajaba de ayudante de Chef en un restaurante español, perteneciente a un club asturiano que se encontraba muy cerca de donde vivíamos. En él, ella aprendió mucho sobre las artes culinarias y hasta adoptó las formas de expresión del Chef español con quien trabajaba. Y al cocinar los manjares que nos preparaba, repetía las palabras o frases que decía su jefe. Una de ellas se me quedó muy grabada. Mientras cocinaba, me miró y dijo: "La cocina es alquimia de amor, ¿sabes?". No entendí lo que trataba de decirme. Para mí era más importante mirar lo que estaba haciendo e imaginar lo suculento que serían los alimentos. Y lo imaginaba solamente por los deliciosos aromas que se desprendían de las cacerolas de peltre despostilladas sobre la destartalada estufa. Hoy sé que esa frase es de Guy de Maupassant, un escritor francés.

La Jechu trabajaba como burra de martes a domingo y entonces los lunes era día de fiesta. Una fiesta que no celebraba nada especial, sino solamente la oportunidad de que mis cachorros hermanos, ya casados y con hijos, visitaran a mi madre y todos en conjunto, conviviéramos con ella como figura central, pero no la principal; la emblemática presencia de mi madre era respaldada por la comida que ella preparaba.

Algunos lunes me quedaba en casa y no iba a la escuela. Acompañaba a mi madre al mercado conocido como "Pescaditos" a hacer las compras para la comida. Disfrutaba de sus charlas durante el trayecto de ida y vuelta sobre el camino de tierra y grava suelta. Gozaba de verla interactuar con los vendedores y regatear los precios de las cosas que compraría. Me resultaba muy simpático y me hacía reír la forma en que se dirigía a los marchantes, como ella los llamaba, siempre con su personal y característico temperamento. Pero lo que más me emocionaba, era cuando llegábamos al puesto de la señora rubia que vendía flores. Era una anciana delgada, de tez muy blanca, tenía cabello cano largo y trenzado. Parecía una menonita sin dientes. Su puesto estaba lleno de flores de todos tamaños, formas, aromas y colores. Tenía azucenas, nardos, gladiolas, perritos, nube, gerberas, crisantemos, entre otras; y mis preferidas, las casablancas. Casi siempre compraba gladiolas o nardos. En ocasiones azucenas y cuando no había mucho dinero, adquiría las llamadas perritos de colores, aunque mayormente eran flores blancas. Sin embargo, las casablancas las compraba solamente para ocasiones especiales, porque eran caras. Y aún ahora siguen siendo caras. Y nunca dejó de comprar flores. Por eso, cuando escucho la canción llamada Sembrando Flores interpretada por el grupo musical *Los Cojolites*, evoco a mi Jechu:

"Mi mamá me dijo
que sembrara flores,
que saliera al campo
a buscar amores"

"Mi madre me dijo a mí
que yo me saliera al campo,
que cortara yo una flor
para llevarla en su santo"

Así, rememoro las caminatas bajo el inclemente sol del mediodía de regreso a casa provenientes del mercado, con las bolsas cargadas con todos los ingredientes con los que prepararía la comida para todos los que llegarían a la casa a visitarla. A veces se detenía a depositar las pesadas bolsas sobre el suelo para tomar pequeños descansos, momentos que aprovechaba para cortar una planta que crecía silvestre sobre el pedregal. Era un conjunto de tallos rematados por una hoja circular plana que apuntaba hacia arriba y con flores de un amarillo muy intenso. Se llama Mastuerzo (Lepidium sativum). Una vez que tenía un manojo de esas hojas en su mano, las frotaba con ímpetu sobre la parte posterior de mi cuello, donde inicia la espalda y la más expuesta al sol, asegurándose que la savia quedara untada sobre mi piel. "A ver, para que no te pongas prieto", me decía. Yo reía sin decir una palabra y pensaba: "Mi mamá está loquita, pero así la quiero".

Ni bien llegábamos a casa, colocaba las flores en frascos de vidrio o alguna vasija que funcionara como florero. Luego iniciaba todo el ritual de preparativos para cocinar y preparar los alimentos. Alistaba la licuadora "chamagosa", es decir, sucia por cochambre, ponía las viejas cacerolas de peltre despostillado o de aluminio abollado. Sacaba los cuchillos que se le habían pegado en el trabajo y la avejentada tabla de madera para picar, de color azul que contrastaba con la mesa de tablones de un azul descarapelado. Todo, absolutamente todo, parecía una coreografía perfectamente ensayada. Creo que su expresión corporal era la misma que cuando estaba en el trabajo. Sin duda.

La preparación de la comida era la antesala a la gran fiesta que iniciaría en cuanto empezaran a llegar los cachorros hermanos con sus respectivos hijos. Eso era lo emocionante. Que llegara la familia y degustara la crema de champiñones o de nuez. Y luego el Huachinango al ajillo cocinado en el desvencijado horno de la estufa. O las croquetas perfectamente crujientes por fuera, pero blandas por dentro. O las carnes marinadas en un caldo de limón, vinagre y salsa inglesa, preparadas con un nivel de cocción perfecto. O los aguacates rellenos de atún montados sobre una cama de lechuga, decorados con pimiento rojo. O las milanesas de pechuga de pollo cubiertas de queso parmesano. Y las guarniciones de arroz con verduras. O los frijoles charros. O las ensaladas de berros, berenjenas, pepino y espárragos con aderezo de aceite de oliva, limón y vinagre balsámico. Pero lo mejor siempre fueron los postres. Natilla de vainilla con galletas María. O el flan de huevo. O los buñuelos de viento. O el arroz con leche. O mi preferido: las leches fritas, que no podía parar de comer. Los postres siempre fueron rimbombantes. Y tenían que serlo porque llegaban cuando ya estábamos con el estómago lleno de tanta comida. Nunca alguien dijo "No quiero". Habría sido casi un sacrilegio no comerlos.

Primero comía la chiquillada. Yo incluido en ella. Luego los adultos. Y de sobremesa, algunas veces, había algún licor llevado por mis cachorros hermanos. Recuerdo uno de membrillo muy dulce, llamado Mosco, que embriagó a los comensales rápidamente y la tranquila comida se tornó en una fiesta de risas, canto y baile. Sí, en pleno inicio de semana laboral. Y no fue la única vez que esto sucedió. También recuerdo a la mascota de la familia. Era un perro criollo de pelaje blanco y abundante llamado Forey. Siempre estaba pendiente de los comensales, esperando a que cayera algo de lo que comían para atraparlo y devorarlo con rapidez. Ese Forey sería el perro guardián de mi madre en sus últimos días.

Aquellos fueron los benditos lunes. Esos días en que el pan y los pescados se multiplicaban en abundancia para alimentar a una familia unida por la sangre, por el amor que había en ella, para celebrarla sin motivo alguno, pero, sobre todo, para reafirmar el lazo afectivo que nos unía a mi madre. Y para ella, significaba la oportunidad de repartir amor a sus hijos y nietos y también compartirlo con alguno que otro invitado.

"Cuando mi madre nos daba el pan, repartía amor" Joël Robuchon (Chef francés)

11 LA CHUY

"SENTÍA SU VIRILIDAD DURÍSIMA, TÚRGIDA COMO SI FUERA A REVENTAR. SU ROPA INTERIOR Y EL PANTALÓN LE ESTORBABAN; LO LASTIMABAN."

Amar. Sí, amar en todas las formas que el ser humano puede concebir, sentir, experimentar, pero más importante aún, brindar. Amar sin límites; sin prejuicios externos que a lo largo de nuestra existencia interiorizamos y convertimos en nuestras verdades; esos prejuicios que nos ciegan y que nos hacen sentir temor de ser juzgados si contravenimos lo que rompe con el protocolo convencional. Amar, simplemente amar.

La Chuy debía ganarse la vida trabajando duramente para poder hacerse cargo de sus dos hijas, producto de padres diferentes que nunca se responsabilizaron de ellas, pues solamente fueron amoríos efímeros que no fructificaron, pero que dejaron huella de por vida. Su existencia se tornaba difícil, pues también debía hacerse cargo de su anciano y enfermo padre. La vida nocturna relativa a su trabajo la agotaba y, por el día, debía atender sus labores de madre y a la vez de hija responsable. Mucha carga para ella sola.

Una lluviosa noche un pariente mío entró al bar en el que trabajaba la Chuy. Escogió una mesa elevada y se sentó en una "periquera", esas sillas altas que parecen bancos individuales con respaldo. La mesera le tomó la orden y casi de inmediato le llevó una caguama, es decir, una cerveza embotellada grande. Se sirvió el fermento de cebada en un vaso *jaibolero* y bebió la espuma. Se acomodó en la periquera y esperó el espectáculo.

La Chuy se encontraba tras bambalinas preparándose para su presentación; el maquillaje debía cubrir sucintamente las imperfecciones de su rostro; las medias de red debían ajustarse a sus gruesos muslos para que no le estorbasen mientras ejecutaba su sensual danza frente al público masculino que la había ido a ver; las zapatillas rojo carmesí brillaban aún con la mínima luz; la ajustada minifalda resaltaba la cadera robusta de la Chuy; la blusa de lo que hoy llamamos *spandex*, no lograba ocultar el desbordado sobrepeso de la chaconera, pero hacía lucir un abundante busto propio de una madre que todavía estaba amamantando.

La música inició a ritmo de "Amor de cabaret", interpretada por la Sonora Santanera: "Fue en un cabaret, donde te encontré bailando, vendiendo tu amor al mejor postor, soñando..." La Chuy se deslizó por la cortina de hilillos y se desplazó hacia el templete que se encontraba en el medio del bar. Inició su sensual baile como queriendo ser por unos minutos alguna de aquellas famosas vedettes de la época.

Los señores, envalentonados por el alcohol, se acercaban lo más posible a ella para lanzarle billetes de baja denominación y poder tocarla. Los silbidos, más agudos y subidos de tono, ensordecían y aturdían a la Chuy, pero debía seguir su danza erótica, no podía parar hasta terminar la canción.

Mi pariente se encontraba observando el espectáculo desde su periquera, extasiado con esos femeninos movimientos cargados de una fuerte dosis sexual. Sentía su virilidad durísima, túrgida como si fuera a reventar. Su ropa interior y el pantalón le estorbaban; lo lastimaban. Respiraba a fuego lento y bebía desesperadamente de la caguama, como queriendo disipar el ardor que lo consumía; salivaba abundantemente y al mismo tiempo sentía reseca la garganta; el cuerpo entero le temblaba incontrolablemente y el corazón le latía con demasiada prisa; con la ansiedad que solamente la lujuria puede producir.

Sonriente, la Chuy terminó su participación dancística sentada en el piso del templete, recargada hacia atrás sobre sus brazos y con las piernas cruzadas elevadas al aire. Mi pariente sintió que una descarga eléctrica iniciaba en su cerebelo y lo recorría por su columna vertebral hasta llegar a su bajo vientre. Los músculos de su cuerpo se estremecieron en medio de un cúmulo de placenteros espasmos; reventó. Por fin la ropa interior y el ajustado pantalón dejaron de hostigarle. Su agitada respiración comenzó a estabilizarse y volvió a beber de su caguama. Pensó que tal vez era hora de marcharse. Había sudado mucho y la humedad pegajosa de su entrepierna lo incomodaba.

La Chuy se levantó y se acercó a mi pariente. Sin presentarse y sin saludar, le preguntó: "¿Me invitas una caguama?". Mi pariente asintió y la invitó a sentarse con él. Era sábado y había cobrado el sueldo de una semana de trabajo. Tenía suficiente para invitarle no solo una caguama, sino varias o, quizás, algo más fuerte. Lo que ella pidiera. Lo merecía.

A partir de ese sábado, la presencia semanal de mi pariente en ese tugurio era como si hubiera hecho una promesa religiosa de volver tan frecuentemente como pudiera. Cada vez, la Chuy hacía su aparición, bailaba, enardecía a los hombres de lujuria, terminaba su danza y se sentaba a charlar y a beber con el más grande de sus admiradores.

El tiempo transcurrió. Mi pariente le pidió a la Chuy que fuera su novia. Le dijo que le interesaba en serio. Incluso le ofreció que dejara el trabajo del bar y que él le daría una especie de ayuda económica equivalente a sus ingresos en el bar. Le explicó que así podría atender a sus hijas y a su padre y a tener una vida más llevadera. La Chuy tenía muchas dudas al respecto. Se sentía insegura. No había tenido buena fortuna en el amor y pensaba que estaría perdida si mi pariente decidía romper su relación con ella. Pasadas unas semanas, la Chuy aceptó. Se dedicó de tiempo completo a ser madre y a cuidar a su padre sin preocuparse del trabajo nocturno que tanto agobio le producía. Encontró que tener esas responsabilidades sin tener una válvula de escape, representada por su trabajo nocturno, no le estaba gustando. La relación con su hija mayor, de nombre Marilú y que contaba con unos siete años, era una pesadilla. No se entendían. Para las dos resultó un choque estar mucho tiempo juntas. La más pequeña, de apenas un año y meses, tampoco estaba acostumbrada a la presencia de su madre y lloraba casi todo el tiempo. La Chuy no era feliz. Quería escapar de todas esas responsabilidades.

Mi pariente cuidaba y protegía a la Chuy. Tenían una relación de novios en la que creo que él era el más entusiasmado. El amor se apoderó de él. Siempre que la visitaba, le llevaba rosas rojas o algún presente para las niñas. Las empezó a tratar como si fueran sus hijas. Y llegó el momento en que él sentía ya la necesidad imperiosa de estar con ellas; juntos como una sola familia.

"¿Quieres casarte conmigo? Prometo ser un buen esposo y un buen padre para tus hijas", le propuso mi pariente. La Chuy tenía dudas, pero aceptó al saber que se iría a vivir a la casa de mi pariente y a convivir con su familia. Pensó que era un buen motivo para dejar la casa de su padre y dejar a este al cuidado de alguno de sus hermanos. Sería una responsabilidad menos y atender a quien sería su marido, no le representaba mayor reto. Aceptó.

La boda se realizó en la iglesia del pueblo y en la fecha más importante del catolicismo, cuando se festeja el nacimiento del mesías. No hubo recepción. La Chuy, Marilú y la más pequeña llamada Preciosa se mudaron a casa de mi pariente. La convivencia empezó muy normal, pero con el transcurrir de los días, el carácter de la Chuy se agriaba. Hasta antes de casarse, no hubo sexo entre ella y su ya esposo. Trascendió que sus relaciones sexuales duraban apenas unos minutos y no precisamente por culpa de ella. Creo que eso no la tenía feliz. Además, su hija mayor se volvía cada vez más rebelde y la más pequeña crecía mostrando a su madre el mismo rechazo que cuando era bebé. La relación con la familia de su marido tampoco era la más armoniosa. La Chuy se convirtió en una olla de presión, capaz de estallar en cualquier instante. Y la válvula de escape fue Marilú, la hija mayor. Se volvió frecuente escuchar hasta mi casa las llamadas de atención hacia ella con gritos que retumbaban en las paredes de ambas casas. De los gritos pasó a los golpes; y de los golpes a las tremendas palizas que le daba a Marilú. Se me estremecía el corazón cada vez que escuchaba el inicio de los gritos de la Chuy; y luego los de Marilú. La madre golpeaba sin piedad a la hija, mientras esta le suplicaba que ya no le pegara; le decía que si quería se iría de la casa, pero que no le pegara más. Y gritaba con toda la fuerza que es capaz una niña de tan corta edad. Gritaba con la esperanza de que alguien llegara a rescatarla. Nunca alguien llegó a defenderla; nunca nadie la arrancó del yugo castigador de su madre; nunca hubo alguien que le brindara una caricia y algo de esperanza. Ni siquiera su padrastro.

La única vez que tuve la oportunidad de jugar con Marilú y con Preciosa, que ya habían crecido, la primera comentó que odiaba a su madre por las golpizas que le daba. Y dijo que cuando tuviera hijos también los golpearía como su madre lo hacía con ella. Sentí feo. Era yo muy chico, pero escuchar eso me dolió; me partió el corazón, porque pude darme cuenta del tremendo daño que la Chuy le había hecho al alma de Marilú.

Mi pariente murió inesperadamente. La Chuy quedó viuda y, junto con sus hijas, el grueso manto del desamparo las cubrió. Se quedaron sin nada. Se fueron. Desaparecieron de la escena familiar. Lo último que supe fue que Marilú creció y se fue a temprana edad a hacer su vida lejos de su madre, a la que detestaba. De Preciosa no supe más. Y de la Chuy, me enteré que para subsistir realizaba trabajos como ayudante de albañil o de mecánico. Ya no estaba en edad, ni en condiciones de volver a ser una mariposa nocturna.

Fue la primera vez en mi vida que entendí que hay personas que nacen con mala estrella. Que su destino está marcado para tener una vida funesta y desafortunada. Y que uno vive como resultado de las decisiones que toma.

"El dolor silencioso es el más funesto." Jean-Baptiste Racine.

12 1979

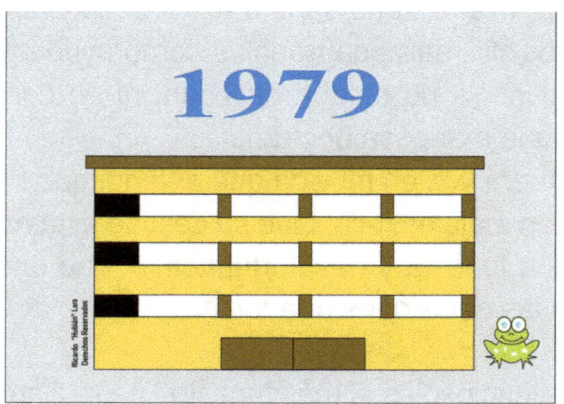

"EMPEZAMOS A CONSTRUIR OTRA FAMILIA; ESA QUE NO ES DE SANGRE, SINO LA QUE SE ERIGE CON BASE EN LAZOS DE AMISTAD, DE CARIÑO VERDADERO, DE APRECIO HONESTO Y DESINTERESADO."

Era 1979 cuando muchos de los que pertenecemos a la generación de 1966-1967 estábamos por iniciar una nueva etapa en nuestras vidas. Todavía éramos niños, pero ya teníamos la inquietud de querer crecer y dejar de ser párvulos. Fue la época en la que empezó la transformación de nuestros cuerpos y duró, al menos, los siguientes tres años.

1979 se caracterizó por una serie de acontecimientos internacionales, tales como: el Ayatola Jomeini instaura un régimen islamista en Irán; la sonda espacial Voyager I se aproxima a Ío, la luna más interior de Júpiter, lo que en esa época era todo un acontecimiento; Egipto e Israel firman la paz; Margaret Thatcher es elegida como Primer Ministro del Reino Unido, siendo la primera mujer en Europa con tal posición; el sandinismo se apodera de Nicaragua y es el presagio de las guerras civiles en Centroamérica; un grupo de estudiantes toma la embajada de EUA en Teherán, Irán y mantiene a 52 diplomáticos secuestrados por más de un año.

En México, nos visitó por primera vez el Papa Juan Pablo II; Jimmy Carter, Presidente de EUA visita México; nuestro país rompe relaciones diplomáticas con Nicaragua y un avión de Western Airlines se estrelló en el Aeropuerto Internacional de la Ciudad de México, con un saldo de 77 personas muertas. Sin embargo, no sucedían muchas cosas en nuestro país.

Pero también había cosas bonitas, como la transmisión por TV del programa del Chavo del 8, caricaturas como la Pantera Rosa, el Inspector, Speedy Gonzales, Piolín y Silvestre, Topo Gigio y el programa espectacular del momento: Odisea Burbujas. La canción decía algo así como: "O-di-seabur-bu-jasvamos-a-des-pe-gar...". Sí, aquel programa cuyo elenco lo conformaban un conjunto de botargas de animales con roles muy particulares: un sapo llamado Patas Verdes, una lagartija fotógrafa nombrada Mafafa Musguito, un ratón conocido como Mimoso, un abejorro cuyo nombre era Pistachón Zig-Zag, el Profesor Memelovsky y el Ecoloco. ¿Cómo no recordarlo si más que el programa, sus personajes nos acompañaron de 1979 a 1982?

Rememoro que eran las 7:20 a.m. del lunes 3 de septiembre de ese año y también recuerdo haber llegado a la Escuela Secundaria No. 157 "Juan Amos Comenio", turno matutino para iniciar esa nueva aventura. Con tantos alumnos formados en hileras formando una escuadra, me sentí confundido y opté por formarme en donde "cayera". Y fui a dar a la fila de un grupo de segundo año. Realmente estaba confundido.

Terminada la ceremonia de inicio del periodo lectivo, me encaminé a mi salón y tuve el primer contacto con mis compañeros del Grupo C. Fue mirarlos y darme cuenta que iniciaba un círculo más en mi vida, sin saber la trascendencia que cada uno de ellos tendría en ella.

Y luego fue conocer a nuestros profesores. Recuerdo la entrada al salón de una viejecita como de setenta años, cuyo nombre ya no lo recuerdo. Era la profesora de Matemáticas. La recuerdo muy bien porque tenía una paciencia de santa. Imagino que le habrá gustado mucho su profesión. Fue bautizada como la "quinceañera" o la abuela del lindo pulgoso, haciendo referencia a una caricatura en la que una viejecita viajaba en motocicleta con su perro maldoso.

Las profesoras de historia, cuyo punto de coincidencia fue que las tres eran muy guapas. Y luego estaba el profesor de Civismo, al que llamábamos el "Cínico", en lugar de El Cívico. Y la maestra de música que me impresionaba por su tamaño. La maestra de química que hablaba de la transformación de nuestros cuerpos, de niños a adolescentes, y de lo bonitas que se pondrían las piernas de las chicas; y se mordía un labio cuando lo decía, mientras ponía los ojos en blanco. O el profesor biólogo que se lamentaba de haber caído tan bajo al dar clases a alumnos de primer grado de secundaria. Y muchos profesores más. Muchos que dejaron huella en nosotros y que, por una u otra razón, saltan en nuestros recuerdos como destellos luminosos. Gracias a todos ellos por contribuir a crear mucho de lo que hoy somos.

Y entonces, con el paso del tiempo y la confianza o desafío para hacerlo, empezó a surgir la forma en que muchos de nosotros seríamos identificados, empezando por los personajes de Odisea Burbujas: Patas verdes, ¡presente!, es decir, yo mero, y en su derivación natural, pasé a ser el Sapo; pero también tuvimos a Mafafa Musguito y a Mimoso; y luego, el Cepillo, el Mosco, la Ballena, el Chino, el Pato Lucas, el Vince, la Heidi, la Muda, el Pingüino, el Pony, el Ratón y otros que ya no recuerdo. Y se integraron nuevos compañeros, amigos, hermanos del Grupo E: Chenchus, el Cerdo, Rebaca, el Miau, el Topo, etc. Y lo mejor de todo fue que luego empezaron las agrupaciones y surge La Mafia, conformada por un grupo de chamacos caguengues que jugaban a ser malos, pero que siempre tenían un dejo de inocencia.

¡Y las anécdotas! Muchas, muchas ellas. Imposible remembrarlas y comentarlas todas, porque de verdad son muchas. Recuerdo cuando nos pusimos de acuerdo todo el grupo y nadie fue a la escuela. Muchos nos fuimos de pinta a Chapultepec. ¿Por qué? ¡Ps nomás de webs! O cuando organizábamos las excursiones a nadar a Oaxtepec. Todos llevábamos comida y bebida y la compartíamos sin recelo, sin egoísmo. Y lo pasábamos muy bien. Y nos cuidábamos unos a otros. O cuando me enfermé en pleno salón de clases y vomité, casi, sobre la mochila de Olga Evodia. O aquella que tengo en mi mente a la hora de educación física en la que debíamos hacer maromas sobre la espalda de un compañero y era menester abrir las piernas. ¡A más de uno se le salieron las bolas por los costados del short! "Maestraaaa, dígale a esta pinche vieja que se vaya de aquí porque ya se está calentandooooo", gritó un compañero al ver la atención que, al respecto, ponía una de nuestras compañeras.

Eran tiempos en que no existían las computadoras personales, la Internet, los teléfonos celulares, no todos teníamos líneas telefónicas fijas en nuestro hogar; ni imaginar siquiera que existirían las redes sociales, pero sí existía el *chismógrafo* que muchos queríamos responder, pero otros solamente querían leer para enterarse de la vida de los demás; iniciaban las TVs con control remoto y sin perillas; de transistores y no de bulbos; los videojuegos ya existían en las maquinitas de la tiendita de la esquina, pero eran muy rudimentarios.

Si queríamos ver a nuestros amigos o compañeros, caminábamos hasta sus casas; nos transportábamos en el pesero o en las primeras combis si teníamos que hacer trabajos de investigación o simplemente para ir al cine; también usábamos los buses llamados Delfines o Ballenas o nos trepábamos al Metro, pero nada nos detenía. Siempre nos sentíamos seguros, no importaba la hora del día o de la noche.

Fue una época en la que permanecíamos en el seno del hogar, rodeados de nuestra familia de sangre. Viviendo, solamente viviendo. Y nunca imaginamos que poco a poco, día con día, durante tres años, sin proponérnoslo, empezamos a construir otra familia; esa que no es de sangre, sino la que se erige con base en lazos de amistad, de cariño verdadero, de aprecio honesto y desinteresado. Con ese afecto que trasciende la distancia y el tiempo. Y aquí estamos, los que estamos, demostrando esa simpatía fraternal que nos une desde hace casi cuarenta años. Y seguimos siendo niños.

"Los cuarenta son la edad madura de la juventud; los cincuenta la juventud de la edad madura." Víctor Hugo.

13 DESDE MIS ENTRAÑAS

"MORALEJA: SI ALGUIEN TE DICE: 'NO QUIERO COMER', NO LO OBLIGUES, PORQUE PUEDE VOMITAR SOBRE TU CARA."

No hay lugar más particular, surrealista, peligroso y violento como el barrio de Tepito, vecindario ubicado en el noreste del centro histórico de la Ciudad de México y caracterizado por su alta actividad comercial. Famoso por producir a los mejores atletas, particularmente, boxeadores, Tepito es el centro de reunión de personas y, en muchos casos, de familias enteras ávidas de comprar fayuca, aparatos electrónicos, ropa, calzado, joyería de fantasía, drogas y un sinnúmero de mercancía ilícita a precios bajos o al menos, razonablemente más bajos que los productos que se expenden en tiendas o almacenes legalmente establecidos.

Recuerdo haber ido en una ocasión a ese barrio acompañando a uno de mis cachorros hermanos, quien, junto con su familia, fueron en busca de ropa para comprarla y lucirla en la cena de Navidad. Tengo presente la forma en que nos fuimos adentrando en las calles del barrio, sorteando los repletos puestos móviles en los que los comerciantes exponían su mercancía y de ríos de gente que nos aplastaba en ciertos tramos en donde había gran concentración de personas. Sabíamos que debíamos protegernos y cuidarnos entre nosotros para evitar que nos robaran las billeteras o que pudiésemos ser asaltados por algún delincuente. Las compras de mi cachorro hermano se hicieron sin sobresalto, pero yo no había comprado nada. Me causaba una emoción desbordada mirar aparatos electrónicos, porque hubiera querido comprarlos todos. Había videocaseteras con formato Beta y VHS, equipos de sonido tan grotescos que parecían *transformers*, grabadoras, calculadoras, relojes electrónicos, ropa de moda, de baja calidad, pero de moda. Al final, solamente compré un reloj de pulsera de manufactura china. Me impresionó el diseño y lo bonito que lucía. De inmediato lo empecé a usar, colocándomelo en la muñeca izquierda, pero la felicidad no me duró mucho tiempo, porque a la semana siguiente el reloj se desarmó y solamente me quedé con un conjunto de piezas que me negaba a tirar a la basura. La decepción se apoderó de mí, pero nada podía hacer.

La segunda vez que visité el barrio, fui acompañado por un vecino y su esposa. Fuimos directamente a comprar una videocasetera de formato beta. La adquirí en un puesto a la entrada de la calle principal y pedimos al vendedor que nos la llevara hasta un taxi para reducir el riesgo de que nos la fueran a robar, asalto de por medio.

Fui feliz con mi videocasetera, porque podía ver películas y repetir las escenas que más me gustaban cuantas veces quisiera. También podía video grabar mis programas de TV favoritos, sin necesidad de estar en casa, pues el aparato tenía temporizador y la podía programar. El único inconveniente era que, si la electricidad fallaba, se desprogramaba y adiós videograbación de mis programas de TV.

La tercera y última vez que fui al barrio bravo fue muy singular e inolvidable. Un cachorro primo me pidió que lo acompañara solamente a mirar la mercancía. Como no tenía nada que hacer, opté por ir con él. Nos subimos al tranvía que todavía existía sobre la Calzada de Tlalpan para llegar al Metro Taxqueña y de ahí al centro histórico. Llegamos al Zócalo y caminamos sobre la calle República de Argentina. Cuando llegamos a la zona comercial, me dio pánico ver un tumulto de gente entre los puestos móviles, tratando de hacer compras. La multitud se movía como si fuera un gran animal furioso. Nunca había visto algo así. Le dije a mi cachorro primo: "Mejor vámonos, no vamos a poder entrar", pero la respuesta que obtuve de él fue un "Tú vente; entramos porque entramos". Siendo unos adolescentes, de manera imprudente e irresponsable, iniciamos nuestra aventura al ser devorados por la multitud; caminamos como pudimos, juntos siempre, para poder ver la mercancía de cerca, pero habría sido mejor no haberlo hecho.

A codazos y empujones logramos ser parte de la turba; pisotones y golpes recibidos fueron parte de nuestra osadía. Como pudimos, avanzamos hasta un punto en el que la marea humana nos levantaba del piso y nos volvía a colocar sobre él; nos aplastaba de manera despiadada y sin miramientos; ni siquiera veíamos la mercancía que tanto anhelaba mirar mi primo.

De pronto sentí que me faltaba el aire, que no podía respirar, que me estaba mareando y que me daban ganas de cerrar los ojos y dormir; creí que me iba a desmayar, pero de inmediato pensé: "si me desmayo, podría morir pisoteado por toda esta bola de léperos, o no faltará quien diga 'aflójenle el cinturón, desabrochen su pantalón, bájenle el cierre, quítenle los zapatos, hagan espacio para que no le roben el aire'". ¡No, no, no! No quería correr el riesgo de que manos extrañas me estuvieran manoseando por doquier. Eso hizo que me mantuviera consciente y con fuerza suficiente para poder salir de ese torbellino. Y cuando por fin logramos dejar ese remolino de plebe, tuve que sentarme en el suelo en un lugar despejado. Jalaba aire haciendo bufidos como yegua a punto de parir. Me sentía mal; mareado y con náusea; sin fuerza. Y entonces mi cachorro primo tuvo una idea genial: "Bebe una coca cola. Eso hará que te sientas mejor". Me levanté del piso y entramos a una miscelánea. Solamente había coca cola al tiempo o al clima, es decir, no estaba fría. Bueno, la bebí y en cada sorbo sentía la ebullición del gas haciendo espuma y burbujas en mi garganta e inflando groseramente mi estómago. Esperaba que, como poción mágica, me hiciera sentir mejor, pero no. Ahora me sentía peor y mi náusea se acrecentó. El gas recorrió mi intestino tratando de salir, pero apreté las nalgas. No quería expeler malos olores, pero el gas necesitaba salir. Y yo me aguantaba las ganas de soltar flatulencias apretando fuertemente el *cicirisco*. Entonces el gas regresaba a mi estómago. Le pedí a mi primo que nos fuéramos a casa. Se negó. Dijo que tenía hambre y que sería mejor que comiéramos unos tacos antes de regresar a casa. La sola idea de comer me hizo sentir peor. Le sugerí acompañarlo para que comiera sus deliciosos tacos con salsa roja o verde, pero yo no ingeriría nada de nada.

Nos detuvimos frente a una taquería en pleno corazón del barrio bravo. El Taquito Feliz se llamaba. No sé si todavía exista. En la entrada estaba el típico trompo de carne al fuego para hacer tacos al pastor y el tradicional taquero panzón y sudoroso cortando la carne con un largo y afilado cuchillo, haciendo suertes con la carne cortada y atrapada en el aire sobre una tortilla de maíz. Fuimos adentro y nos sentamos en la primera mesa que encontramos, muy cerca de la entrada de la taquería. Me levanté para ir al baño a mojarme la cabeza y el cuello, esperando que ese refrescamiento me hiciera sentir mejor, y cuando regresé, en mi lugar había un plato con cinco tacos de cabeza. Mi cachorro primo ya estaba en plena acción comiendo los suyos. "Pero te dije que yo no quería", expresé. "Tú come. No has comido y seguramente es eso, que te hace falta comer y por eso te sientes mal. Te va a hacer bien y te sentirás mejor, ya verás que sí", balbuceó mientras masticaba el taco de tripas que él había pedido para sí. El olor de su taco me hizo sentir fatal. Insistió en que comiera y me sentí presionado por su obstinación y opté por tomar un taco, morderlo, masticarlo y deglutir el bocado. ¡Error! ¡Tremendo error! Una vez en mi estómago, el bocado fue como el catalizador que sacó desde mis entrañas el malestar que tenía. Como si estuviera poseído por fuerzas del mal, vomité con tal abundancia y fuerza, que ensucié la cara de mi primo, sus deliciosos tacos de tripa, los míos, la mesa, el piso, mi camisa, mi pantalón y hasta mis zapatos. Amén del delantal del mesero que estaba enfrente de nosotros. ¡Sentí alivio! Por arte de magia, el bienestar había regresado a mi cuerpo.

"¡Pinche chamaco puercooo!", gritó alguien con el típico acento cantado de barrio chilango. Me levanté, fui al baño y traté de limpiarme lo más que pude. Cuando regresé a la mesa, mi primo estaba fuera de la taquería esperándome. Ya había pagado y de manera ansiosa me dijo: "¡Vámonos, pero vámonos ya!".

Fue un momento muy bochornoso, pero sentir que mi cuerpo se había recuperado y saber que no moriría, me dio una dosis de indiferencia a los gritos e insultos que los taqueros y los comensales proferían sobre mí. De cualquier manera, no me volverían a ver, pero imaginé que siempre me recordarían. Entonces, una burlona sonrisa se dibujó en mi rostro.

Moraleja: si alguien te dice: "no quiero comer", no lo obligues, porque puede vomitar sobre tu cara.

"Dos borrachos van por la calle y uno le dice al otro:
- Creo que me iré a casa, mi mujer me estará esperando para jugar al exorcista.
- ¿El exorcista? ¿Y eso cómo se juega?
- Pues mientras ella me echa el sermón, yo vomito."

Popular.

14 POLLITO ROSTIZADO

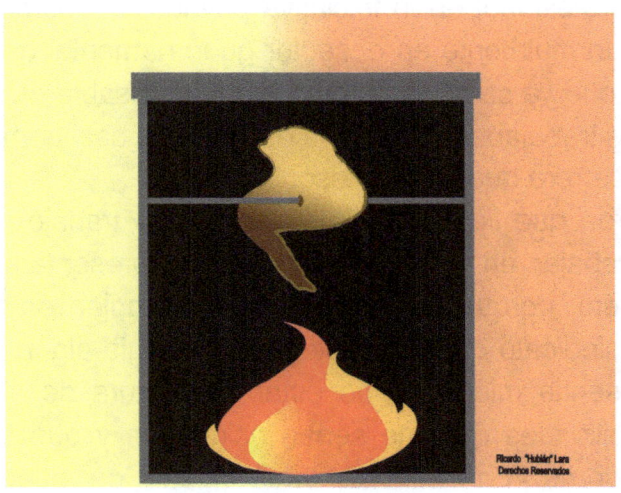

"LLORABA PORQUE ME SENTÍA SOLO, ABANDONADO; PORQUE NADIE ME PREGUNTABA CÓMO ME ENCONTRABA, NI SI NECESITABA AYUDA. SENTÍA QUE, SI DE PRONTO DEJARA DE EXISTIR, A NADIE LE IMPORTARÍA PORQUE A NADIE LA HACÍA FALTA."

Las vicisitudes de la vida parecieran ser momentos derivados de circunstancias al azar que nos rodean a lo largo de nuestra existencia. Circunstancias que muchas veces están fuera de nuestro control, pero otras que son producto de las decisiones que tomamos. Es como si viviéramos situaciones causadas por el azar y creemos que es el destino; pensamos que lo que nos acontece es obra y gracia divina y no las consecuencias de lo que disponemos hacer con nuestra existencia.

Era 1990, el año que murió mi padre y en el que quedé completamente solo a los veintitrés años. Y digo solo porque mis cachorros hermanos habían hecho su vida y tenían sus propias familias. También fue el año en que inició mi vida laboral y el ejercicio profesional en la iniciativa privada. Previamente había trabajado formalmente en el sector gubernamental durante seis años, así que ya sabía lo que era ser responsable en el trabajo. Y mientras trabajaba, continuaba estudiando, casi terminando de cursar la carrera que hoy profeso.

Recuerdo que llegué a mi primer día de trabajo muerto de miedo. Trabajar en la iniciativa privada representaba para mí un gran reto, porque a diferencia de mi empleo en la UNAM, no había sindicato que me protegiera si surgía algún problema. También sentía miedo de no estar a la altura de atender las responsabilidades que me serían asignadas y que terminaran despidiéndome. En realidad, tenía miedo de quedarme sin trabajo y sin un ingreso para mantenerme y para continuar con mis estudios. Sin embargo, el deseo de aprender y enriquecerme con el ejercicio profesional, me impulsaba a sentirme motivado y con entusiasmo para afrontar lo que viniera.

El trabajo era muy demandante en cuestión de actividades a realizar y de tiempo invertido para cumplir con el trabajo. Iniciábamos la jornada laboral a las 7:00 am y, en cierre anual, no teníamos hora de salida. Podrían darnos las 4:00 a.m. y seguíamos trabajando en la oficina. Muchos procesos eran manuales y un cambio en los datos o en la información, por menor que fuera, implicaba una avalancha de cambios en informes. Todos los días era la misma rutina. A veces, solamente podíamos ir a nuestras casas a bañarnos y cambiarnos y regresábamos a trabajar. El cansancio se apoderaba de nosotros hasta casi alucinar.

Recuerdo una anécdota que hoy me parece graciosa. Llevábamos muchos días en este torbellino de presión laboral y de largas desveladas, cuando quien era mi jefe, empezó a desvariar mientras explicaba a su propio jefe los últimos ajustes hechos a la información. Su jefe, al darse cuenta del cansancio de todo el equipo, ordenó que todos nos regresáramos a casa y regresáramos al día siguiente, sábado, a las 8:00 am.

Eran las 2:00 pm. Muy contento regresé a mi casa para dormir un rato, haciendo una escala en la miscelánea de la esquina. Me compré unos pastelitos llamados Pingüinos. Llegué a mi casa, me puse un *pants*, le di una mordida al pastelito, pulsé *play* en una vieja grabadora para reproducir una canción y me metí a la cama. Perdí la conciencia de inmediato. Cuando desperté, el costado derecho de mi cara estaba llena de baba pegajosa; el trozo de pastel seguía en mi boca y en la radio reproducían el himno nacional. "Son las doce de la noche", pensé. Enseguida escuché la hora en la radiodifusora patrocinada por relojes Haste ("Haste, Haste, la hora de México"): "Son las seis de la mañana con dos minutos", dijo el locutor. ¡Había dormido dieciséis horas seguidas en calidad de muerto!

El trabajo me había absorbido y había dejado la escuela. Solamente me faltaba un semestre para concluir la licenciatura, pero el trabajo me había apartado de Ciudad Universitaria. Llegó el momento en que me cuestionaba muy severamente si valía la pena dejar trunca la carrera y dedicarme únicamente a trabajar. Entonces, en un momento de lucidez, decidí que dedicaría mi tiempo a terminar el ciclo escolar y a acreditar las materias que me faltaban. Consideré que tendría toda mi vida para trabajar muy duro después de cursar por completo la carrera. Entonces tomé la decisión de dejar el trabajo. Vislumbraba seis meses muy duros, pero lo percibía como una inversión. Después podría dedicarme a trabajar solamente.

Renuncié al trabajo y eso significó el inicio de una de varias etapas difíciles en mi vida, pero quizá, la más importante. Una que ya no recordaba, pero que siempre estuvo ahí, en un rincón de mi cerebro.

El finiquito recibido me permitió tener dinero para afrontar mi manutención por un periodo de tiempo muy corto: un mes solamente. Con el paso de los días y las semanas, debí reducir significativamente mis gastos. Debía cuidar el dinero que tenía para el transporte para ir y volver de la Universidad y para comer. Sin un ingreso adicional, solamente podía hacer una comida al día. Para mi fortuna, habían instalado una rosticería muy cerca de mi casa, que era atendida por un muchachito de aproximadamente diecisiete años. Todos los días iba puntualmente a las 2:00 pm a comprar un cuarto de pollo rostizado. Solamente podía pagar por un ala rostizada, misma que venía acompañada de tortillas de maíz y salsa picante. Esa era la única comida del día que podía tener. El ala rostizada se terminaba en un bocado y, entonces, me llenaba la barriga de las tortillas con salsa que eran cortesía de la rosticería. Y así eran mis días, mientras me esforzaba por terminar la carrera en la Universidad. Cuando el hambre arreciaba por las noches, tomaba un vaso de vidrio y lo llenaba con agua del grifo, le añadía un par de cucharadas de azúcar, lo bebía y me iba a dormir. A la mañana siguiente, ansiaba que llegaran las 2:00 pm para ir a comprar mi ala de pollo rostizada. Con el paso del tiempo, el muchachito empezó a platicar conmigo y a generar confianza en ambos. Charlábamos de su vida desenfrenada, de su novia, de que en algún momento nos iríamos a tomar una cerveza; de trivialidades. Creo que le caí bien, y también creo que se daba cuenta de mi situación. Sin pedírselo, empezó a añadir papas a mi platito de unicel en el que colocaba el ala de pollo rostizada, las tortillas y la salsa. Cuando le dije que no quería papas, porque no traía más dinero me dijo que las papas eran *"por cuenta de la casa"*. Se me hizo un nudo en la garganta; difícilmente le pude decir "gracias". Me sentí avergonzado, miserable. Me despedí y regresé a mi hogar. En el trayecto no pude contener las lágrimas. Escurrían por mi cara. Llegando a casa, me senté a comer. El llanto no paraba y mientras comía, las lágrimas condimentaban los tacos de pollo con papas y salsa, aderezándolos con su característico sabor salado.

Lloraba porque me sentía solo, abandonado; porque nadie me preguntaba cómo me encontraba, ni si necesitaba ayuda. Sentía que, si de pronto dejara de existir, a nadie le importaría porque a nadie la hacía falta. Lloraba por la ausencia de mis padres muertos y también por la ausencia de mis cachorros hermanos. Lloraba porque no encontraba sentido a mi vida. Lloraba por lo que hasta ese momento sentía que había sido mi existencia: una cadena de secuencias que consideraba ilógicas y que no podía comprender.

A lo lejos, en la radio de algún vecino sonaba: "Uno entre mil yo triunfaré...". Era la canción de moda en ese momento. La cantaba Manuel Mijares. Me ponía contento escucharla. Me inyectaba ánimo y optimismo. Me empujaba a seguir adelante y a esforzarme más. Y entonces ocurrió el milagro. Con mi atribulado corazón y nublada razón, recordé a la gitana. Esa mujer que, cuando era yo un pequeño, me sentenció con esta frase: "Y tú mi niño, vas a sufrir mucho, pero vas a ser bien recompensado."

Comprendí que no hay lucha, ni batalla que puedan ser ganadas sin esfuerzo. Entendí que debía transitar por ese pasaje de mi vida para, en el futuro, poder tener una existencia plena. Discerní que lo que estaba haciendo era lo correcto y que la decisión que había tomado y que me había llevado a ese estado, fue la mejor que pude haber adoptado.

Me sentí agradecido con Mijares y, por supuesto, con la gitana.

Y mi vida continuó.

"He recorrido un largo camino desde el campo de batalla a la mesa de paz." Moshé Dayán.

15 APRENDÍ A AMAR

"¿SABES? TU MAMÁ ME DIO MUCHO CARIÑO Y CON ELLA *APRENDÍ A AMAR*."

Sentir que se ha tenido una vida plena permite tener cierto balance emocional y remembrar pasajes de ella de una manera resiliente. Significa haber adquirido la capacidad de superar vivencias que pueden impactar severamente la personalidad y la conducta de los seres humanos y su forma de entender y afrontar la vida.

Existen personas que nacen siendo nobles y de buenos sentimientos, pero con un destino tan funesto que es difícil entender la razón de tan brutal ventura.

Y así, comienzo esta historia, que repaso en trozos por mi mente y sigo todavía conmovido por ella.

El primer recuerdo que tengo de un cachorro pariente a quien llamaré José es el de un cuarto, en una vecindad, que hacía las veces de cocina y dormitorio. Era la primera vez que veía a esa familia y en ese momento me enteré que estábamos unidos por la sangre. Rememoro a un chiquillo, casi bebé, llamando a su hermano mayor con una expresión que yo no entendía. "Lolo", exclamaba. Luego volteó a verme. Por alguna razón, ese momento fue único, porque bastó cruzar nuestras miradas para que surgiera un vínculo muy fuerte entre los dos. Un lazo que duraría muchos años y que tendría un efecto en nuestras vidas que no sabíamos que sería tan trascendente en ellas.

La familia de José se mudó junto al *jacal*, así llamaba mi madre a la casa en la que vivíamos, a un cuarto aún más astroso que del que provenían. Aún en la pobreza hay niveles, porque mi hogar era pobre, pero en su caso era pobreza extrema lo que rodeaba a esa familia.

Siendo niños y parientes, la convivencia comenzó con José y sus hermanos. Vivir en un callejón poco transitado facilitaba las horas de juego por la tarde o por la noche. Nos divertíamos retozando en el piso de terracería, jugando a los encantados, "las traes", "hoyitos", béisbol, voleibol, escondidas o simplemente trepando la barda de un vecino hecha de grandes piedras volcánicas encimadas una sobre otra, sin estar pegadas y representando un gran riesgo para los traviesos niños que osábamos escalarla.

Una tarde de juegos, José intentó escalar la barda por su cuenta, sin ayuda de los infantes mayores. Imagino que quería emular a los que nos trepábamos en esa barda, pero más que eso, quería encajar en el grupo social que se había creado en el callejón. Ya desde entonces enfrentaba cierto rechazo de sus hermanos, de familiares cercanos y, por consecuencia, de los vecinitos con los que jugábamos.

Con mucho esfuerzo ascendía por la barda, cuando las piedras empezaron a temblar y, en cuestión de segundos, se desplomaron sobre el suelo. José salió volando para caer sobre la tierra y, sobre su pierna derecha, una última gran piedra en desplomarse.

El accidente obligó a José a permanecer en reposo con la extremidad enyesada por fractura de tibia y peroné. Lo habían llevado al hospital de Xoco. Pero poco fue el tiempo que estuvo en reposo, porque aún enyesado, seguía su vida cotidiana como si nada le hubiera pasado. Nunca lo llevaron a seguimiento. Su padre le quitó el yeso al transcurrir de los días, sin saber si los huesos habían soldado, aunque siendo un niño de aproximadamente dos años, seguramente ya se habían restablecido. Nunca tuvo secuelas. Al menos no físicas.

Los años pasaron y entre juegos y responsabilidades escolares, llegó el momento en que José debía colaborar en llevar sustento a su hogar. Por las mañanas se iba al mercado fijo o a los mercados móviles y ofrecía sus servicios de cargador de bolsas a las señoras que habían comprado sus víveres. La retribución era un puñado de monedas de baja denominación o alguna de las vituallas que alguna señora decidió que podía darle. Y llegaba de regreso a su casa, feliz de poder compartir con sus hermanos el fruto de su trabajo. Y con esa felicidad, se preparaba para ir a la escuela. Era un buen estudiante. Brillante como pocos. Pobreza e inteligencia no están peleadas.

También recuerdo que, a la entrada del cuarto de trozos de madera, cartón y láminas metálicas, se encontraba una estufa de petróleo en la que la hermana mayor, que hacía de madre de sus hermanos mientras sus padres trabajaban fuera todo el día, cocinaba la sopa que comerían antes de ir a la escuela. Lo primero que hacía era encender la hornilla y colocar una cacerola de aluminio, ennegrecida por el humo del petróleo quemado, con agua. Al momento del hervor, vaciaba la pasta, sal y un cubo de sazonador de pollo para darle sabor a la comida. Sopa y tortillas solamente.

En una ocasión, cuando el agua estaba en su punto de ebullición, la hermana mayor decidió retirar la cacerola de la hornilla, sujetándola de las ardientes agarraderas. Al palparlas, le calcinaron las manos y por instinto, lanzó el trasto lejos de sí. El cazo y el agua hirviente fueron a estrellarse en el pecho de José, quien iba entrando al cuarto en ese momento. Terminó internado en un hospital público de Tacubaya por las severas quemaduras que le produjo el agua caliente. Su madre me llevó a visitarlo y ver las condiciones en las que se encontraba, con tales laceraciones, me produjo un intenso dolor. José no era un pariente en tercer grado más, era como mi hermano menor. Quería aliviarle el sufrimiento y hacer lo necesario para que pronto se recuperara, pero José tenía alma de acero, porque aún en su desgracia, no reprochaba nada, ni se quejaba. Por el contrario, reía si la conversación daba para eso. Tampoco el amor que sentía por su hermana mayor cambió.

José convivió mucho con mi familia. Siempre fue tratado como un miembro más de ella. Y él gozaba de pasar tiempo con nosotros, particularmente con mi madre. A la hora de desayunar, comer o cenar, si José se encontraba en la casa, lo sentaban a la mesa para alimentarse. Disfrutaba de la atención que le daba mi padre, de sus enseñanzas y la forma en que trataba de educarlo, y también se regocijaba con el cariño que le extendía mi madre, como si fuera la suya. Aprendió buenas maneras, a ser correcto y afinó los buenos sentimientos que lo caracterizaban.

Pero le llegó la adolescencia, la edad de la rebeldía, esa en la que es muy importante tener alguien que nos cuide, nos guíe y no deje que caigamos en el abismo de la perdición, pero viviendo en el seno de una familia disfuncional, con un padre alcohólico y una madre para quien era más importante la vida con otras ocupaciones que sus hijos y ya con mis padres muertos, por quienes había sentido un gran respeto, José empezó a relacionarse con vagos, drogadictos, maleantes, personas de mala entraña que lo iniciaron en el mundo de los solventes, de vivir en las calles y de abandonar a su familia. Vanos fueron mis intentos de rescatarlo, pues decía que su nueva vida lo hacía feliz. Yo más bien pienso que su comportamiento se justificaba por el profundo resentimiento que le causó la falta de atención, cuidados y cariño a lo largo de su vida. Y así pasaron varios años. Ya éramos adultos; nuestras vidas tomaron rumbos totalmente diferentes y una profunda oquedad nos separó. Sin embargo, una Natividad en la que me encontraba solo, se acercó a saludarme, aturdido por las drogas, pero sincero en sus buenos deseos dijo: "En nombre de tu mamá, que tanto amor me dio, te deseo una feliz Natividad". Lo quise abrazar con todo el cariño que puede haber entre hermanos. No pude. Solamente dije: "Gracias. Feliz Natividad para ti también".

Una madrugada me despertó una trifulca fuera de mi casa. Pensé que serían los vagos que se habían apoderado del callejón en el que vivía. Así fue, pero no imaginé que José estuviera involucrado. Un camarada suyo, bajo los influjos de los solventes, lo apuñaló en la espalda perforándole un pulmón. José, drogado, no expresaba dolor alguno y optó por trepar a una azotea contigua y acurrucarse en posición fetal sin darse cuenta de la hemorragia de la que era preso, hasta que sus familiares, avisados por otros vagos, lo llevaron al hospital. Lo visité y nuevamente el dolor hizo presa de mí, pero él seguía sonriente y me contó sus planes para rehabilitarse y retomar el control de su vida. Me alegró su enfoque. Al día siguiente lo visité de nueva cuenta, pero me recibió con un rostro sombrío. Dada la confianza que existía entre nosotros, pero sobre todo el cariño que nunca se acabó, me confesó que lo habían diagnosticado con una extraña enfermedad. Estaba sentenciado. No fue exactamente dolor lo que sentí en ese momento. Creo que más bien me despegué de la realidad y me sentí flotando en una dimensión alterna. Creo que era la negación; sí, me negaba a creerlo, deseaba que hubiera sido un diagnóstico erróneo o que se trataba de una broma de muy mal gusto, pero los médicos lo confirmaron.

El tiempo transcurrió y el deterioro de José era muy evidente. Tratamos de pasar tiempo juntos y de conversar sin temas específicos, esperando compensar el tiempo que estuvimos distanciados. Escuchaba lo que me decía y no dejaba de sorprenderme su forma de ser y de pensar. "He cometido muchos errores en estos últimos años, pero no me arrepiento de nada. Todos nuestros actos tienen consecuencias. Estoy dispuesto a afrontar que me voy a morir, y por eso quiero aprovechar para pedirte perdón si en algo te hice daño, pero también quiero agradecer todo lo que tú y tu familia hicieron por mí", me dijo. Me quedé mudo y solamente acicalé su cabello como muestra de afecto. Contuve las ganas de llorar. Y lo inevitable llegó. El deterioro lo llevó hasta la fase terminal de la enfermedad, pero siempre mantuvo la serenidad, la firmeza y la conformidad de aceptar su destino.

Conversamos por última vez de cosas triviales, sin mucho sentido. Queríamos aprovechar hasta el último aliento. Le costaba trabajo respirar. Estaba muy agotado. Le dije que lo dejaría descansar y al despedirme le dije que lo quería mucho y le planté un beso en la cabeza. Él tenía los ojos cerrados por la falta de fuerza, pero escuchaba y hablaba elocuentemente. Me dio las gracias y me dijo: "¿Sabes? Tu mamá me dio mucho cariño y con ella *aprendí a amar*. Me brindó ese amor que nunca tuve en mi familia, pero lo más importante es que ese amor trascendió generaciones, porque de la misma forma que tu mamá me trató y me dio amor, así traté a mis sobrinos y el amor floreció, porque soy el tío preferido de ellos". Agradecí sus palabras, me volví a despedir y me marché. Horas después su vida expiró.

Es difícil tratar de comprender una vida llena de tragedias. Decir que es el destino me resulta vacío; sin sentido. Creo que nuestra vida es resultado de las decisiones que tomamos. Tampoco puedo entender cómo una persona cuya existencia está marcada por el infortunio puede mantener la serenidad, una actitud positiva y, al mismo tiempo, una cabal resignación para aceptar lo inevitable, siempre con una sonrisa pintada en la cara. Para eso se necesita ser grande de corazón, guerrero por convicción y, en la vida, un campeón. Sí, eso era José.

"A menudo el sepulcro encierra, sin saberlo, dos corazones en un mismo ataúd". – Alphonse de Lamartine

16 LA PRINCESITA

"ERA, LITERALMENTE, UNA MUÑECA O UNA PRINCESITA QUE CUALQUIER CABALLERO QUERRÍA TENER."

Ser Godínez tiene sus ventajas. Y Godínez entendido como aquellos empleados que no fuimos emprendedores, ni creamos nuestra propia fuente de ingreso en donde fuésemos nuestros propios patrones. No. Me refiero al Godínez considerado como el empleado que consume su vida trabajando detrás de un escritorio contribuyendo a generar riqueza para los accionistas. Algo así como Gutierritos, personificado por el actor Rafael Banquells. Gutierritos, el culebrón televisivo de los años sesenta. ¡Caray! ¡Cómo pasa el tiempo!

Bueno, pues yo no fui un Gutierritos, pero sí he sido un Godínez nato desde hace más de treinta y dos años en los que he construido una trayectoria laboral con base en mucho esfuerzo, disciplina, constancia y compromiso. Trayectoria que me ha forjado profesional y personalmente y que me dio muchas satisfacciones, como la oportunidad de viajar. ¡Y también me ha brindado anécdotas buenísimas!

Existe en mi mente una remembranza de una situación que me pasó en un avión, cuando iba rumbo a Bogotá, una de mis ciudades favoritas. Las obligaciones laborales me llevaron a esa hermosa ciudad muchas veces.

Empezaré por decir que los colombianos son gente muy cálida, atenta y amable. Muy querida como dicen ellos. Poseen un sentido nacionalista único en la región. Se sienten orgullosos de sus raíces y de su cultura; de su comida y de su café, pero, sobre todo, de la belleza de sus mujeres. Y vaya que tienen que sentirse orgullosos de esto último. La mayoría de ellas son muy hermosas y las que no tanto, saben sacarse partido. Son un deleite visual para cualquier caballero.

Bien, una vez que abordé la aeronave que me llevaría a El Dorado, estaba en mi asiento, junto a la ventana, mientras miraba cómo el resto de los pasajeros abordaba el avión que nos llevaría a nuestro destino. Generalmente prefería tener asiento junto a la ventana para evitar que, de sentarme en el medio o junto al pasillo, los compañeros de viaje me pidieran levantarme del asiento para dejarlos ir al baño. Claro que tenía que apretar la vejiga para no ser yo quien molestara. Así, estaba sumido en mis pensamientos tratando de estructurar el plan de trabajo que desarrollaría en la oficina durante los días que permanecería en tan bella ciudad. De pronto, llamó mi atención una mujer muy hermosa que venía circulando por el pasillo buscando su asiento. Era una mujer de altura promedio, buena figura, portando ropa que parecía de diseñador; de Mario Hernández o Arturo Calle, tal vez; colombianos ellos. La dama tenía un rostro de finas facciones y sutilmente maquillado, enmarcado por una cabellera de color negro azabache con un peinado que parecía de salón. Era, literalmente, una muñeca o una princesita que cualquier caballero querría tener. Me sorprendió gratamente que se detuvo justo en la hilera de asientos donde yo estaba. Depositó su pequeña maleta en el contenedor de arriba y procedió a acomodarse en el asiento del medio. Olía rico. Me saludó y respondí amablemente. Vi de reojo su pasaporte. Era colombiana. Luego, volteé a mirar a los pasajeros que seguían entrando al avión y fue en ese momento que creí haber escuchado un gruñir de tripas con tono salvaje, desgarrador; luego otra vez. Y entonces me di cuenta que la princesita se movía de una forma extraña sobre su asiento, como si no encontrara acomodo. Y en una fracción de segundo, me llegó un olor fétido, desagradable, penetrante, de esos que cortan el aliento y que hacen que las entrañas quieran salir por el esófago. Pensé que, estando en México, seguramente la habrían llevado a comer gusanos de maguey, escamoles o chapulines y entonces estaba sufriendo los efectos de tan prehispánico alimento. Pobrecilla ella, pensé.

La princesita se levantó de su asiento y corrió hacia la parte trasera del avión. Supongo que al baño. Y entonces… bueno, entonces llegó un señor que ocuparía el asiento del pasillo, en la misma hilera en la que yo me encontraba. En cuanto se sentó, volteó a mirarme con una expresión que mezclaba sorpresa, incredulidad y asco, mucho asco. Solamente atiné a mirarlo y, sin hablar, con el dedo índice de mi mano derecha me señalé y enseguida le hice señas de negación, como diciendo:

"yo no fui". Por supuesto que no me creería, pues era yo el único en esa hilera. La princesita no estaba y, cuando regresó, el señor le dijo que sería mejor que buscara un asiento en otra fila, porque seguramente no le sería agradable viajar en ese lugar. La princesa volteó a mirarme, mientras el hedor que dejó continuaba en el aire. "Sí, señor. Tiene razón", respondió. Acto seguido le pidió a un sobrecargo que le asignara otro lugar… ¡y se lo dieron!

Recordé esa frase, de la que desconozco quien es su autor, que dice "el perfume de una mujer nos anuncia su llegada y nos prolonga su existencia". ¡Vaya! ¡El perfume que me dejó la princesita me prolongó su existencia lo que duró el viaje a Bogotá!

Y entonces pensé en el orgullo que sienten los colombianos por sus mujeres, a veces idealizándolas y olvidando que también son humanas. Y que también sueltan gases… hilarantes ahora que lo recuerdo.

"Me reiré de mí mismo, porque el hombre es lo más cómico cuando se toma demasiado en serio". Og Mandino

17 AIRES BUENOS

"¿Y DÓNDE TE HOSPEDARÁS EN PUERTO RICO? EN LA CONCHA RESORT", RESPONDÍ.

Trabajar para una empresa internacional tiene sus ventajas. Máxime si es de origen australiano.

Profesionalmente tuve la oportunidad de ser parte de un equipo de trabajo a nivel de Latinoamérica. Eso me permitió viajar, mayormente en esta región y conocer otras culturas; degustar otro tipo de comidas y bebidas; escuchar otras formas de expresión; aprender términos locales, entender su significado y usarlos dentro del contexto en el que me encontraba. También aprendí a ser cuidadoso con el lenguaje y a procurar ser neutro al expresarme, es decir, sin usar modismos o expresiones puramente mexicanos, para no obstaculizar la comunicación.

Hablar con términos locales me acercaba a las personas, en particular, con quienes formaban parte del equipo de trabajo y a terceros en diferentes países. Generaba esa especie de identidad que facilitaba el entendimiento y la conexión a pesar de las diferencias culturales.

Recuerdo una ocasión, en Buenos Aires, estar reunido con parte del equipo de trabajo. Me acompañaban en la entrada del edificio de la empresa, mientras esperaba a que llegara el taxi que me llevaría al aeropuerto de Ezeiza. Había terminado mi estancia de trabajo en esa lindísima ciudad y mi siguiente destino sería San Juan, Puerto Rico. Y durante la espera, vino la pregunta de uno de ellos: "Y compraste algún *souvenir*?". "Sí, una *cachucha* que dice Buenos Aires", respondí. Se hizo el silencio y los argentinos, con una sonrisa dibujada en sus respectivas caras se miraron entre ellos. Fue una sonrisa que no duró mucho tiempo, porque pronto empezaron a reír, mientras uno me dijo con risa ahogada: "Gorro, mejor di gorro". Entendí que posiblemente había dicho alguna mala palabra argentina que en México no significaba otra cosa que un *gorro*, pero que *cachucha* estaba prohibido decirla en Buenos Aires. Así, me disculpé aclarando que si había dicho algo indebido no había sido intencional. "Mirá pibe, decir que tenés una cachucha con Buenos Aires pintada en ella, sí que es gracioso", dijo uno de ellos y las risas subieron de tono. Yo seguía sin entender, pero trataba de mantenerme ecuánime. Solamente sonreía cándidamente. "Cachucha hace referencia a los genitales femeninos, así que *imaginate*, ¿viste?, una cachucha pintada con Buenos Aires", me explicó otro *che*. Mi imaginación voló. Y pude imaginar lo inimaginable y lo indecible. Imaginé una *papaya* pintada con este texto: "Hecho en México". Y entonces entendí porque reían. Y quise explotar en carcajadas, pero me contuve. No sé porqué. Y la cabeza me dolió por aguantar la risa, pero creía que debía seguir conservando la compostura. Solamente sonreí y dije: "ok. *Got it*" (Entendí). Ellos seguían riendo, por supuesto.

Una vez recuperados del momento, la siguiente pregunta fue: "¿Y dónde te hospedarás en Puerto Rico?". "En La Concha Resort", respondí. Y cual violenta erupción volcánica, explotaron en unísona carcajada. "¡La concha de tu madre!", expresó otro, y eso fue como arrojar gasolina al fuego; las carcajadas se intensificaron y aquello se convirtió en un desafinado concierto de dementes sin control, como si no les llegara el agua al tanque.

Contagiado por las carcajadas de quienes me rodeaban, sin entender me pregunté: "¿Y ahora qué dije?".

"Oshe, tenés que venir más seguido", dijo uno. "Mira que este pibe es re-macanudo y re-simpático", dijo otro.

Llegó el taxi y, entre risas, me despedí todavía sin entender. Una vez dentro de la unidad, le pedí al chofer que me explicara qué significaba *Concha*. Sonrió y mirándome por el espejo retrovisor, me dijo: "Vos sos mexicano, ¿cierto?". Sonriendo, asentí con la cabeza. "Bueno, la concha es la papaya de la mujer". Solté la carcajada y di rienda suelta a las risas reprimidas, esas que me causaron dolor de cabeza. Mis ojos escupieron agua y ahora el demente era yo. No podía parar de reír. Estaba loco, ausente, en otro mundo; como los modelos de El Greco.

El taxista estaba contagiado de mi locura y también reía. Cuando me calmé, me preguntó: "¿Y por qué tanta risa? ¿Vos estás bien?" Mi respuesta fue un: "Sí, estoy bien, solamente que me reí porque voy rumbo a Puerto Rico a hospedarme en La Concha Resort". El taxista orilló la unidad y detuvo la marcha del auto. Hecho preso de la locura del momento y con una expresión demente me dijo: "No puedo conducir así, ¿viste?", mientras reía desenfrenadamente. Y fuimos dos los locos, llorando de risa.

Todavía lo recuerdo y se me dibuja una sonrisa en el rostro.

"El argentino no te deja sin palabras, te cierra el orto". Popular

18 PUEBLA DE LOS ÁNGELES

"Sí, mi amor por Puebla es grande y es en ella en donde me gustaría decir adiós mirando a los volcanes, cuando llegue el momento, si el destino lo permite."

En 2007 visité por vez primera la Ciudad de Puebla. Llegué casi a la media noche. Vi su plaza principal, de aspecto colonial y con un aire francés, muy limpia y refinadamente iluminada. Luego conocí su Catedral. Impactante visualmente. Me sentí como en Europa. Emocionado. De igual manera, me resulta imposible describir las sensaciones que me causó mirar la Capilla de la Virgen del Rosario, dentro del Templo de Santo Domingo. Es una obra de arte cubierta con oro de piso a techo. Y el techo mismo. Me sentí orgulloso de mis raíces indígenas al conocer las ruinas arqueológicas de Cholula con esa pirámide catalogada como la más grande del mundo en su base. La historia de la China Poblana me embelesó. Y luego su gente, amable y cálida. ¡Y la comida! Resultado del sincretismo cultural prehispánico y español. Sufro al tener que escoger entre chiles en nogada, mole poblano, chalupas, cemitas, chanclas, pelonas, molotes, tlatloyos, tacos árabes, memelas... ¡Y los dulces! Para el postre están los mazapanes, borrachitos, jamoncillos, turrones, muéganos, tortitas de Santa Clara, buñuelos y el típico y característico dulce poblano, el camote. A este no le entro, no me gusta. Y en ocasiones quisiera ser rumiante y tener un estómago con cuatro compartimentos para llenarlos con toda esa gastronomía que es única.

¿Y qué decir de los paisajes? Esos volcanes tan magnificentes que custodian la ciudad, el Popocatépetl y el Iztaccíhuatl. Bellísimos cuando están cubiertos de nieve. Me roban el aliento cuando los observo al amanecer, cuando la luz del sol naciente comienza a iluminarlos con tonos naranja, rojo y dorado. O cuando el primero lanza sus fumarolas y las sombras de estas son proyectadas por el sol del atardecer. Todos los días acontece lo mismo, pero no siempre es igual.

En los últimos años he visto la transformación de Puebla de una ciudad tradicional y conservadora a una ciudad que progresa con una industria creciente y que empieza a diversificarse. Con un énfasis en el desarrollo de infraestructura turística sin precedentes. Y ha dado resultado. El turismo se ha incrementado muchísimo.

También fui testigo de la construcción de sus primeros rascacielos en Ciudad Judicial para albergar oficinas del gobierno del estado. Y luego se replicaron a lo largo del bulevar Atlixcáyotl y otras zonas con servicios mixtos, de vivienda y comerciales. También he visto el desarrollo de zonas residenciales como Lomas de Angelópolis, Cascatta, Natura y de zonas comerciales de primer mundo como Sonata.

O como Paseos del Bosque, en donde solía tener mi hogar.

Desde el primer día me enamoré de esa ciudad. Y me convertí en Poblano por adopción. Sí, Puebla me adoptó como uno más de sus hijos. Y me volví devoto de esta ciudad. Y esa devoción ha sido contagiosa con amigos, familiares y compañeros de trabajo. Ha generado interés desde Argentina, Colombia y Ecuador, hasta Australia y Hong Kong, sin mencionar a mi México, lindo y querido. Involuntariamente me convertí en embajador de mi amada Puebla.

Esta ciudad me ha dado mucho y he correspondido hablando y mostrando las maravillas que esta tiene. Me da paz, tranquilidad, tiempo y espacio para la reflexión, para soñar y para desear. Me ha regalado convivencia con seres queridos. Me ha brindado ángeles y querubines. Sí, los que se encuentran en Esmeralda 18 y en Cóndor 11. Me ha dado algo invaluable a lo que muchos de nosotros aspiramos: felicidad.

Sí, mi amor por Puebla es grande y es en ella en donde me gustaría decir adiós mirando a los volcanes, cuando llegue el momento, si el destino lo permite.

"Las palabras nunca alcanzan cuando lo que hay que decir desborda el alma" – Julio Cortázar.

19 RACIÓN DE CARIÑO

"¡SÍ, MI MADRE ERA UNA PERRA DE OCHO CHICHES! Y YO SOLAMENTE DE SIETE PORQUE SALÍ DEFECTUOSA."

No tengo conciencia de cuando arribé a este mundo, pero sí tengo recuerdos vagos del cambio tan radical que experimenté al nacer. Recuerdo estar con mis cachorros hermanos en un lugar oscuro, mojado y calientito. No debíamos preocuparnos por comer o beber, ni por hacer pis o pó. Solamente jugábamos y tratábamos de acomodarnos en el poco espacio que teníamos. Supongo que permanecíamos en la panza de mi perra madre cuando de pronto, algo detrás de nosotros empezó, de manera intermitente, a empujarnos. Como si ese algo no quisiera que estuviéramos por más tiempo en ese lugar tan cómodo, pero el último empujón terminó por sacar a uno de mis hermanos perrunos, y luego a otro, y a otro y a otro más. Yo me resistía. Tenía miedo. No sabía a dónde íbamos, ni qué había fuera de ese mundo que era el único que conocía, así que, con el espacio liberado, hice acopio de todas mis fuerzas y me arrinconé en lo más profundo de lo que hasta ese momento era mi hogar. De pronto, una fuerte contracción pudo más que yo y salí disparada de ese lugar oscuro, húmedo y tibio, como un proyectil lanzado con una cerbatana. Sentí pánico; me aterroricé porque el cambio fue muy brusco. Sentía que me faltaba el oxígeno y no entendía lo que estaba sucediendo. Ahora me encontraba en un ambiente con luz que cegaba mis ojos, aun teniéndolos cerrados, seco y no era caliente. Sentía frío y una sensación extraña en mi pequeño estómago. Era hambre. De verdad no entendía lo que me estaba pasando. Seguía necesitando oxígeno, pero no sabía cómo obtenerlo. Mi madre me lo proveía. Y fue hasta que sentí una especie de masaje en todo mi peludito cuerpo que sentí estímulo en mis pequeños pulmones y empecé a respirar. La vida entraba en mi ser. Eso sentí.

Pasado el trauma de mi llegada a este mundo, la siguiente tarea fue averiguar cómo apaciguar el hambre que tenía. Instintivamente trepé por la barriga de mi perra madre y encontré una protuberancia; sí, era una bubi de mi madre. Succioné y empecé a tragar el líquido que salía de ella. El hambre desapareció. Noté que mis cachorros hermanos también estaban prendidos a otras tetas. Eran ocho. ¡Sí, mi madre era una perra de ocho chiches! Y yo solamente de siete porque salí defectuosa. ¡Qué injusta es la madre naturaleza! ¡Hacer de mí un *freak* defectuoso! Ya ni ladrar es bueno. ¡Oh! Por cierto, tuve la oportunidad de probar cada una de esas ocho chiches, pero todas me daban lo mismo. ¡No había diferencia, caray! ¡Cuánta maldad!

Así transcurrieron las primeras semanas de mi existencia. Comiendo, durmiendo y jugando con mis cachorros hermanos. Y llegó el momento de explorar. De salir del lecho materno y aventurarnos a ir más allá de la habitación en la que nos tenían confinados. Corríamos y derrapábamos sobre el piso en locas carreras en las que mis cachorros hermanos y yo usábamos todas nuestras fuerzas hasta quedar agotados. Fueron buenos tiempos.

Pero yo quería más mundo. Quería saber qué había fuera de esos muros que nos encerraban, así que, en un descuido de los humanos que nos tenían, salí corriendo de la casa y descubrí cosas inimaginables; horribles y bellas también. Caminé sin rumbo, dejándome llevar por los olores que me llegaban en grandes cantidades y de diferentes direcciones. Estaba confundida y ansiosa. Caminé y caminé. Olía y olía. Continué hasta que me perdí. No supe regresar a casa y el miedo se apoderó de mí. Me sentía cansada; tenía hambre, sed y frío, pero mi agudo olfato me guio hasta un puesto de tacos. Me paré junto a él, esperando que me dieran de comer o, al menos, que a algún comensal se le cayera un trozo de lo que fuera que estuviera comiendo para lanzarme sobre él y devorarlo. Nada me daban y nada caía, así que opté por beber agua de un charco cercano. Me supo horrible, pero calmó mi sed. Volví a mi postura de pedigüeña a la espera de que algo cayera para comer, pero lo que me cayó fue un tremendo patadón de un *cometacos*, que me elevó por los aires para ir a estrellarme contra el suelo un par de metros lejos de tan despreciable ser. Me dolió; me dolió el alma de encontrarme en situación de indigencia. Me dolió la maldad con la que fui tratada. Me dolió sentirme humillada. Extrañaba mi hogar, junto a mis cachorros hermanos y junto a mi perra madre. Sí, la de ocho chiches. Extrañaba beber de alguna de ellas para calmar mi hambre y mi sed, pero no sabía volver a casa.

Era ya de noche y busqué un lugar para *hacerme rollito* y dormir. Hacía mucho frío y los relámpagos y truenos me producían ansiedad, pero no podía hacer nada. La lluvia cayó sin piedad sobre mí y el frío se incrementó. Mi cuerpo se endureció y sentía que no podía moverme. Me costaba trabajo sacudirme. Opté por mantenerme hecha un bultito, para evitar la sensación de frío. Al amanecer, la llegada de los rayos del sol fue un alivio para mi cuerpo. Sentir la calidez de ellos me devolvieron la fuerza que necesitaba para enfrentar un día más, tratando de sobrevivir comiendo desperdicios o comida descompuesta y bebiendo agua de los charcos que había dejado la lluvia que más de una vez me causó dolores de panza y diarreas. Se me rozó la cola, recuerdo. Estaba muy sucia y maloliente. Era, literalmente, una perra callejera. Y me dolía.

En los refranes populares de los humanos hay uno que dice: "No hay mal que dure cien años, ni ser que lo aguante". Eso pasó conmigo. Deambulaba por la calle buscando comida, cuando repentinamente sentí que algo me sujetó por los costados y me elevó en el aire. Era un cachorro humano. Iba acompañado por sus cachorros hermanos y su madre. Se apoderaron de mí. Me aterroricé. Las experiencias con los humanos no habían sido del todo positivas, así que no podía esperar nada bueno de estos seres que ahora me llevaban con ellos. La sorpresa fue grata. Me bañaron; me pusieron bonita; me dieron de comer y de beber, pero lo mejor, me dieron cariño. Fue la primera ración de cariño que recibí una vez que fui rescatada de la calle. Y la correspondí lamiendo las manos de los cachorros humanos en señal de agradecimiento.

Transcurrieron unos días y entendí que los humanos que me cuidaban estaban buscando una familia humana para colocarme, ya que no podían tenerme con ellos. Lo único que esperaba era no correr con la mala suerte de terminar nuevamente en la calle. Y me encontraron hogar temporal con un humano gordito y simpático que me trató muy bien el poco tiempo que estuve con él. Me cayó muy bien. Y me sigue cayendo bien.

El humano gordito me encontró un humano que quiso conocerme para decidir si se quedaría conmigo. Recuerdo que entró al patio de la casa en la que yo vivía y, desde la planta superior que era donde me encontraba, lo miré. Venía acompañado de otro ser humano. Hermosos los dos. Y el flechazo mutuo fue inmediato. Y recuerdo lo que dijo Julio Cortázar: "Como si se pudiese elegir en el amor, como si no fuera un rayo que te parte los huesos y te deja estaqueado en la mitad del patio." Sí, ahí estaban mis nuevos humanos; y en ese instante los elegí. Los quise para hacerlos parte de mi vida. Los adopté. Me llamaron Lola. Me gustó, porque en cierta forma rememora mi época de callejera y fonéticamente se oye lindo, además de que endulza mis oídos. Y luego me dieron un sobrenombre: *Aashka*, que en India significa *Bendición*.

Desde entonces su vida ha estado llena de bendiciones. Y la mía de experiencias, anécdotas y muchas cosas bellas. Han sido tantas, que sería imposible mencionarlas todas, pero hay tres que han quedado marcadas en mi ser: la primera tiene que ver con la ocasión en que nos fuimos a la playa como familia y fue la primera vez que subí a un avión; la segunda: los caramelos; y mi favorita, las raciones de cariño.

Mis humanos decidieron que era momento de ir a la playa juntos, como una familia. Fue una de las mejores experiencias que he tenido. Conocí el mar, la arena y otra forma de ver y sentir el radiante sol. Ver la inmensidad del mar me intimidó; el sabor salado del agua no me gustó y sentir las olas del mar bajo mis pies, me inquietó. Pero mis humanos entendieron que no era algo a lo que yo estuviera acostumbrada y no insistieron en que me hiciera amiga del océano. Pasábamos el día entero sin hacer nada. Descansando, comiendo y durmiendo. Me hacía feliz sentir la brisa fresca golpeando mi nariz, porque me hacía cosquillas. Me deleitaba viendo a las gaviotas deambulando sobre la playa y me surgían las ganas de salir corriendo tras ellas para cazarlas. Me contuve por temor a perderme nuevamente. También conocí al amor de mi vida. Un hermoso maltés de sedoso pelaje color miel que llegó corriendo hacia mí. Y corrió para irse y corriendo volvía para, ligeramente, restregarse contra mí. Alardeaba de su gallardía y buen porte; de su excelente condición física y de su belleza perruna. Se llamaba Elliot. Fueron momentos en los que fui feliz. Pero lo que más me ponía contenta era ver la felicidad de mis humanos por disfrutar del paseo como la familia que somos y, entonces, de vez en vez sonreía. Y sonreí cuando posé para la foto que me tomó uno de mis queridos humanos. Ese humano al que puedo pasar horas mirándolo embelesada, porque para ser humano está bien guapo. Sonreí con la intensidad que el amor por ellos me hace sentir. Y quedó para la posteridad. Para cuando yo ya no esté con ellos.

Y también me encantan los caramelos. Sí, esos bocaditos de comida perruna que saben deliciosos y que me da uno de mis adoptados. "¡Caramelo! ¡Caramelo Lola! ¡Aashka! ¿¡Quieres un caramelo!?" Basta escuchar esa letanía para volverme loca. Salivo y lengüeteo los costados de mi hociquito. "¡Ven! ¡Huele! ¡Hummm! ¡Mira, empanaditas como las que prepara tu tío humano! ¡Anda! ¡Ve a tu lugar feliz!" Y mi lugar feliz es un tapete de ornato en el que me echo a degustar el caramelo.

También están esas demostraciones de afecto que uno de mis humanos tiene conmigo. El vínculo que hemos desarrollado es muy fuerte y el lenguaje vocal y corporal ha creado un medio de comunicación que solamente él y yo entendemos. Frecuentemente me abraza y me estruja; me toma por la cabeza con sus manos y simula darme besos de humano; masajea mi cuerpo y termina acariciando mi pelaje; me bromea con eso de que solamente tengo siete chiches y me pregunta: ¿Por qué Aashkita? ¿Por qué solamente tienes siete chiches?" Y ríe. Lo que no sabe es que la octava la tengo oculta debajo del sobaco izquierdo. Cosa rara. Suele sentarse en el borde de su cama y me llama para que me acerque. Me hace piojito en la cabeza y luego me pide vaya a mi cama, que se encuentra a un metro de la suya. Acto seguido, escucho las palabras mágicas: "¿Quieeeres uuuna… uuuna…? ¡Ración de cariño!". Y entonces, como impulsada por un resorte hidráulico, salgo disparada para lanzarme sobre sus piernas; para restregarme en su regazo; para impregnarlo de mi olor para marcarlo como mío; para recibir sus abrazos y apretujones contra su pecho mientras me dice, melosamente y con mucho cariño: "Venga que la apapacho, pinche Lola *cool aid*." Y lo correspondo lamiendo sus manos con todo el amor que puedo retribuir.

Y termino empachada y agradecida de tanta ración de cariño.

"Cuando mi voz calle con la muerte, mi corazón te seguirá hablando." - Rabindranath Tagore

20 TU LLEGADA. TU PARTIDA

"Y PENSAR EN TI A CADA INSTANTE; EN TU AROMA; EN TU SER; EN TU ALMA INQUIETA ASOMÁNDOSE POR TUS OJOS."

Considerando el momento en el que escribo el presente texto, enero de 2017, puedo decir que no hace mucho, leí una reflexión de la cual no tengo la fuente, pero que me hizo recordar algunos pasajes de mi existencia que me llevaron a tomar las riendas de mi vida. Esa cavilación encierra mucho de lo que en su momento pensé y sigo pensando. Dice algo así como: "Vive tu vida y no vivas en función de lo que esperan de ti los que te rodean, porque el día que mueras, nadie querrá morir por ti." Dicha introspección me ha acompañado desde hace muchos años.

Asumir el control de mi presencia en este mundo significó romper con amarres muy fuertes; destruir lazos que se habían encarnado en mi alma; acabar con ideas que se habían arraigado en mi mente sobre el pecado y su castigo; terminar con un estilo de vida que no era lo que yo quería y que me asfixiaba; deseaba sentirme libre, sí, emancipado; sin dependencia de nada, ni nadie; quería volar hacia mi propia existencia; sin miedos; sin reparos para disfrutar plenamente la película de mi vida en la que el protagonista soy yo. Vivir la vida en todas sus facetas. Disfrutar cada instante, lo mismo un dolor, que una gran alegría.

Pero quitarse las amarras, desencarnarlas, lastima. Es como arrancarse la piel para que luego surja una nueva. La que en adelante estará por siempre con uno. La verdadera, no la que nos heredaron. Y eso desgarra nuestra alma, pero no la mata, sino que la transforma y fortalece, porque perfecciona su esencia.

Y una vez libre, vivir intensamente. Gozar de la presencia del sol y de sentir sus caricias al amanecer; de mirar la luna y las estrellas por la noche y dar rienda suelta a nuestros pensamientos sobre lo pequeños que somos, pero lo grande que es nuestro espíritu; de bañarnos en el mar y sentir ese placer que el agua fresca genera en nosotros al recorrer nuestra piel; de sentir esos pequeños granitos de arena bajo nuestros pies descalzos; de respirar el aire puro y limpio y percibir sus mimos sobre nuestro rostro; de observar a la naturaleza manifestada en cada ser vivo; de tener una mascota y sentirla parte de nuestro propio ser; de disfrutar un trozo de chocolate y disolverlo en nuestra lengua lentamente hasta conseguir esa explosión de felicidad que el cacao nos produce; de dar rienda suelta a nuestros sentimientos y de darnos la oportunidad de sentir que nuestro corazón palpita con emoción; de tener esperanza cuando la vida nos pone a prueba; de tomar decisiones; de enriquecer nuestra existencia, pero sobre todo, de amar; sí, amar sin miedo; amar con intensidad; amar de tal forma, que nos lleve a sentir y expresar desde el corazón lo que nos hace palpitar.

"Por eso, Cielo, hubo que esperar; y recibir; y luego sentir... y de pronto tomar conciencia que no soy el mismo; que he dejado de ser sólo una parte; que juntos hacemos el todo; que tu ser es ya mi ser; que las piezas encajan; y que bien acomodadas, con ellas hacemos un mapa; sí, un mapa por el que nos recorremos, con caricias y con besos; con sentimiento y con pasión; con prisa y con detenimiento; por haber aguardado tanto tiempo para encontrarnos; con todo eso que se hace con amor, puro y sincero.

Y pensar en ti a cada instante; en tu aroma; en tu ser; en tu alma inquieta asomándose por tus ojos; en tu voz, firme y segura; y en ese derroche que tienes de ternura que puede tocar las fibras más sensibles de mi espíritu; de sentirme endeble cuando te miro; de entender que el tiempo es un aliado que nos empujó de inmediato a algo tan sublime. Y de comprender que ya no soy el mismo..."

Por eso, nunca dudes en emprender tu camino. Vive, goza, acepta retos, aprovecha oportunidades porque estas son irrepetibles, nutre tu esencia, llénate de experiencia, de conocimiento, empápate de todo aquello que te haga grande, que te aporte, para que cuando llegue la vejez, sientas que nada te sobra y nada te falta. Y nunca dejes de compartir. Devolver un poquito de lo que la vida te ha dado. Que el recuento de tu vida sea una compilación de que hiciste lo que solamente tú quisiste hacer, pero, sobre todo, que fuiste feliz.

"This is life!" Victoria, desconocida rumana con la que compartí un vuelo LAX – SYD.

Ricardo Lara Ramirez

Nací en la Ciudad de México en 1967. Soy Licenciado en Contaduría y cuento con dos MBA, una en Alta Dirección Corporativa y otra en Gestión de Riesgos. Cuento con más de treinta años de labor en instituciones de seguros, ocupando puestos desde Auxiliar Contable, hasta Director de Finanzas, Contralor Financiero para América Latina, así como Director de Auditoría Interna para América Latina, gestionando las revisiones en países como Argentina, Brasil, Chile, Colombia, Ecuador, México y Puerto Rico. Fui orador en la Segunda Cumbre sobre Solvencia con el tema "Gobierno Corporativo y Transparencia en América Latina", patrocinada por Hanson Wade y celebrada en Miami, USA. Actualmente trabajo para una empresa de seguros en México como Director de Auditoría Interna. También soy escritor e ilustrador amateur. La natación y la arquitectura de interiores son dos de mis más grandes pasiones. Viajar alimenta mi espíritu.

www.ingramcontent.com/pod-product-compliance
Lightning Source LLC
Chambersburg PA
CBHW050412030726
47503CB00006B/2146